ニッポンの違和感

NIPPON NO IWAKAN

松尾貴史

毎日新聞出版

ニッポンの違和感

まえがき

毎日新聞で、2012年に「ちょっと違和感」を週1回で連載を始めて、8年になろうとしている。この間、誰のせいとは言わないが、言わないのは言えないのではなく、言わずもがなだからだが、経済は回復しているふりをするために株価を操作し、国民の税金は「お友達」を優遇することで不公平感は膨らむばかり、災害時には対策に取り組んでいるふり、コロナ禍でも頑張ってやっているふり、拉致被害者奪還に関しては、20人近い歴代の担当大臣（民主党政権時の3年間を含む）が誰一人北朝鮮に向き合うこともなく、家族会も高齢化が進み、亡くなる人もいるが、進展することはない。

オリンピック・パラリンピックの誘致に関しても様々な疑惑、嘘、不正、国費の無駄が取り沙汰され、新型コロナウイルス感染拡大が叫ばれ始めても開催に固執した都知事と総理大臣は、人命に関わる問題かも知れぬのにどこ吹く風だ。

違和感の洪水とも言えるこのご時世に、溺れながらも嫌味の一つも言い続けようとしてきたけれども、状況は一向に改善しない。政権への支持率が少し下がっては「ようやくみんな気づいてきたのかな」と一喜、理由のわからない回復をみては一憂という形で、長い目で見れば社会はどんどん汚れ、壊れていくばかりだ。

前回、その中からテーマごとに数篇ずつ選抜した『違和感のススメ』を刊行して1年半が経とうとしているけれど、この国に生まれ来る違和感は増殖の一途をたどっている。それも、加速度をつけて増えているようだ。

ニッポンの最高権力者は、頻出する不祥事に、「責任を痛感する」と謝ったふりをするのだけれども、一向に責任は取ろうとしない。安倍《あべ》晋三《しんぞう》氏が総理大臣になってから、「責任を痛感」「責任は（総理大臣である）私にある」と何度会見で述べてきた（読んできた？）ことか。毎日新聞の記者が数えてみたところ、２０１９年11月の時点で49回にも上ったそうだ。そう言うだけで何十回もやり過ごしてきたのだ。もちろん、その後も不祥事は何度も起きているので、50回は軽く超えているはずだ。

「責任」が口癖のように漏れてしまう総理大臣だが、これは失態を不問にしてもらうための呪文のようなものなのだろうか。第一次安倍政権のとき、ぶら下がり取材か何かで記者から「総理にとっての今年の漢字1文字は」と問われて、「責任、ですね」と答えていたが、この言葉の響きか字面がよほど好きなのだろう。2文字なので、「1文字では？」と再度言われたのにもう一度「責任です」と引かなかった。常人では理解できない何かがそこにありそうだ。「責任」という言葉の解釈変更が行われたのかもしれない。

対する国民はというと、半分が国政選挙などで投票に行かないという後進国ぶりを見せつけてくれる。「長く政権を担っている党が、業界団体と利害が一致しているので、組織票がものを言うように投票率を下げたい。それで放送局や巨大な広告会社に、国民が政治に対して無関心になるよう仕向けさせているのか」とすら思えてしまう。

もし政治家が本気で投票率を上げて、国民の意見を国会に反映させようと本気で思うならば、投票に行きたくなるような施策を打ち出すだろうが、自分に近い繋がりにしか旨味を下ろす気がないので、一向に改善されない。

このたびの東京都知事選挙では、各候補が議論するテレビ討論会は一度も開かれないという異常さだった。実際、テレビ界全体に都知事選挙について積極的に取り上げない雰囲気が蔓延《まんえん》していた。それなのに、投票の終了時間である夜8時ちょうどになったら、かねてからやっている出口調査に基づいて、「速報!」として当選確実を伝えてしまう。先を争うように、競って、急いで、慌てて、流してしまうのだ。午後8時の時点で受付に並んでいれば投票は可能なので、まだ書いていない人、書こうとしている人も残っているのに、何という異常な優先順位なのだろうか。カルタ取りではあるまいに、瞬間早かったからといっても勝ちでもスクープでもないのに、テレビの報道は一体何を重んじているのだろうか。

結果は無残なもので、あれほど信用ならない人物であることが明白なのに、関連する情報について、テレビは完全に無視をしていたような状態だった。報道機関が低投票率に加担してしまうことに恐怖を覚えるのは私だけではないだろう。選挙結果はほとんど2位を4倍以上のスコアで突き離したまま逃げ切ったが、彼女はこれから何かを成し遂げようとするのだろうか。批判材料が山積みだし、ウイルスにも圧力はかけられない。不幸なのは都民なのだが。

権力者やその周辺だけではなく、私たちの日常にも、遠い外国でも、違和感は湧き続けているが、多くの民衆がはっきりと自分たちの意思を表明してうねりを起こしている様が頼もしく、眩しい。どこの国にも同調圧力のようなものはあるのだろうが、日本のそれは「空気を読ませる」ばかりで、「空気を作り出す」機会を与えない陰湿さを感じる。これは「隣の芝生は青い」という質のものではないだろう。

日本は特に、違和感があっても「おかしいぞ」と声を上げることは、「空気を読まない」と責められてしまうことが多く、また違和感を覚えることが多過ぎて、いちいち指摘していると狭量でヒステリックな人間に見られてしまうかもしれない。前著『違和感のススメ』では、対談に登場してくれた立川志《たてかわし》の輔《すけ》さんが「違和感は共感」と語ったが、不自然や矛盾があることを多くの人たちと共通の感覚として認識できれば、少しは光が見えるのではないかと希望的に観測する。

本書では、「政権の提灯持ち」「政府の御用聞き」と揶揄《やゆ》もされるテレビの報道で活躍しながらも、わかりやすい解説に定評のあるジャーナリストの池上彰《いけがみあきら》さんが、超多忙の中、対談に応じてくださった。

その収録をした後、小池百合子《こいけゆりこ》氏の二度目の都知事選当選が決まり、テレビの生中継で視聴者から「なぜわざわざ横文字で話をするんですか?」と聞かれた小池氏が、「私はちゃんと日本語でちゃんと(ママ)説明も加えている、わかりやすいと思います」と回答した瞬間、池上さんが「だったら最初から日本語で言えばいいという声もある」と重ね、小池氏はひるみつつも「専門用語があるので」などとやり過ごそうとした後、池上さんが「これから4年間任期をまっとうなさるおつもりなんでしょうね」と、次の質問をぶつけた。おそらくこのタイミングで聞かれたくはない質問だったはずだ。案の定彼女は曖昧にごまかした。しかし池上さんがごまかしを許さず同じ質問を重ねて「はっきり答えざるを得ない空気」を作った。すると「自分自身の健康をしっかりと守っていきたいと考えております」と、これまたはぐらかしにかかった。そこですかさず、「はあ、そういうお答えをするということですね(微笑)。ニュアンスがちょっとわかってきました」と、多くの視聴者に、彼女の今後の目論見を看破させるきっかけを投げた。

よほど悔しかったのだろうか、薄笑いを作りつつ、小池氏は「どゆ風にわかったたぁ?」

と上からプレッシャーをかけるように逆質問をしてきた。よほどの急所だったのだろう。これはテレビの残酷なところで、彼女の都政に対する愛情の無さを極めて雄弁に伝えてしまった。

その後小池氏が「和やかな雰囲気になった風」の顔を装ったところで、小池氏の裏の人格や今までの嘘を怖いほどに暴いた本『女帝　小池百合子』（石井妙子著／文藝春秋）を池上さんが取り出して見せた。「読みましたか」と問うと「読む暇がありません」といなそうとする。もちろん読んでいないはずはないだろう。「選挙が終わりましたが、読まれますか」「コロナで大変忙しくしております」と、自分の事について書かれた本なのに、明らかに興味がないことを装っている。以前都議会で「カイロ大学を卒業したか」を聞かれたときも、「本を読んでいないのでお答えできません」とごまかしていたが、それから相当時間が経っているのにまだ読んでいないのだという。これほどのあからさまな違和感があるだろうか。

池上さんはNHK時代も含め、長年テレビで生放送に出演してきたが、このやり取りに持ち込んだのは、さすがという他にない。他のキャスターや記者には真似のできない芸当ではないか。本書の対談では、これまた刺激的でわかりやすい話をたっぷりと話してもらえたので、お楽しみいただければ幸甚だ。

現政権になって、その傾向が強くなったと言われる「行政」と「司法」と「立法」の「3密」を一日も早く解消して、本物の三権分立をしてほしい。そして、「政権」と「マスコミ」と「代理店」の「3密」も、換気を施して風通しよくしてもらいたい。違和感という空気の滞る、淀んだ社会の水脈が健全な流れになることを祈るばかりだ。

今回も、連載からこの一冊に編む過程で、多くの関係者に色々と苦心して頂いた。ここで謝意を表したい。

「東京都知事選の投票率は5割」の報を聞いて途方に暮れる夜、都下にて

松尾貴史

ニッポンの違和感　目次

まえがき　3

第1章「コロナ禍」のどさくさで

なぜ「夜の街」ばかり標的に?　18
火事場泥棒的ひも付けの動き　21
ゴミ収集、夜間ではダメですか?　24
#検察庁法改正案に抗議します　27
「コロナ禍」か「アベ禍」か　30
「あっさり方向転換」で一律10万円　33
鳥肌セッションも「解釈変更」!?　36
プロの仕事に敬意と補償を　39

小池都知事の「頑張っている感」 42
不可思議すぎる優先順位 45
「むきゃんかくじあい」が定着する!? 48
「失われた10年」ならぬ「失った20年」 51
首相会見打ち切り自宅直帰のワケ 54
ネットに増殖「コロナかかってる人いない」 57

第2章 ビフォアコロナの永田町

いいかげん、引導を渡しませんか 62
「募っているが募集してない」 65
「疑惑」議員たちの雲隠れ 68
国会に蔓延する答弁拒否病 71
ローマ教皇「誠実な人になりなさい」 74

大臣たちの醜聞・失態・妄言 77
消費増税に潜む「配慮のふり」 80
総理官邸で結婚会見の謎 83
気になる政治家の言葉遣い 86
とある喫茶店での政治談義 89
「ポンプマッチ」の選挙報道 93
白馬の王子様をいつまで待つのか 96
老後「2000万円」問題 99
辞めさせられない前例「改」めよ 102
「風刺の場に権力者」のおぞましさ 105
新元号発表で支持率アップの怪 108
姓が違うと絆が壊れる? 111
ノーベル平和賞にトランプ氏推薦? 114
「平成」誕生の公文書公開延期 117

改憲CMに反対する「9条球場」CM 120
「財源がない」のに兵器爆買い？ 123

第3章 日本人が知らない「ニッポン」

「美白」意識からそろそろ転換を 128
真夜中に小学生を追い返した児相 131
映画産業、かの国となぜこうも違うのか 134
「幸福な国」と政治家のレベル 137
「日本手酌の会」会長 140
芸術に政治を持ち込むな、ですか？ 143
ハイヒールが必要な業務って？ 146
なぜか広まるカツラの噂 149
日本人も知らない日本文化 152

「関係者」「事情通」本当に存在するの？ 155
個人情報を得意げにしゃべる人たち 158
「オススメは？」「全部です」 161
公衆電話を知らない子供たち 164
人はなぜ「走る」のか 167
子供への声かけは犯罪の予兆？ 170
あの時の「一抹の違和感」と「不思議な縁」 173
僧衣で運転は違反なのか？ 176

第4章 当世言葉事情

もろく危ない我欲まみれの「人脈」 180
「お前、粋じゃやねえよ」は無粋では？ 183
「自分」「手前」は何人称？ 186

いつから「卒業」と言い出した？ 189
「性癖」「酒池肉林」にエッチな意味なし 192
「しゃれた」に「小」を付ける意味 195
耳慣れない「反社」の不快な響き 198
責任回避の「ほぼほぼ」「知らんけど」 201
意味不明の「業界用語」 204
超独自すぎる「すぎる」の多用 207
焼いてないのに「やきそば」？ 210
釈然としない「演技派俳優」 213
居心地悪い「買春」の読み方 215
対談
池上彰×松尾貴史
「違和感」が世界を変える 218

ブックデザイン／佐藤亜沙美
装画／髙柳浩太郎
挿絵／松尾貴史
本文ＤＴＰ／明昌堂

第1章

「コロナ禍」のどさくさで

なぜ「夜の街」ばかり標的に？

2020年7月12日

東京都下で、新型コロナウイルスの感染が確認された人の数が1日で100人を超える日が続いた。しかし、一度回り始めた街の機能を停止するには抵抗感も強く、目に見えない敵と戦う難しさを痛感する。

目に見える敵、というわけではないけれど、小池百合子東京都知事の所作というか、ものの言い方に、明文化しにくい不快なものを感じるのは、私が生理的に違和感を覚えているからにすぎないのだろうか。

しかし、感染が判明した人の数ばかりが語られて目立っていることには釈然としないものがある。なぜ検査件数、陽性判明率をその場で公表しないのだろうか。探せばどこかで見ることはできるのかもしれないけれども、感染が判明した人数しか記者会見で言わないのは不自然であり、不安を助長させるだけだ。

都知事が「夜の街」ばかりを標的にし続けているのは、彼女が1回目の都知事選で掲げ、何の解決もできず、やろうともしていない公約「満員電車ゼロ」を忘れさせるためではないのかと勘繰りたくなる。毎度数字が出るたびに、感染経路不明者の割合が多い。その相当数が、電車内での感染なのではないかと思っている。

「電車内はみんなマスクをしてほとんど黙っているから感染しない」と思い込んでいる人は多いが、マスクの材質はさまざまで、一応換気をしながら走っているとはいえ、座っている人の周囲など、場所によってはエアロゾルがよどんでいる。それに、つり革や手すりを多くの人が触るので、吸い込むことがなくとも、間接的に手から目、鼻、口など、粘膜への侵入の機会を増やしていることは想像できる。

悪者にされている「いわゆる夜の街関連」には、さまざまな業種が含まれる。「接待を伴う飲食店」に感染の割合が多いのは構造上理解できるが、繰り返し繰り返しその原因として、都知事という立場からその標的にされるのは、夜働く人たちに対する偏見を助長させるのではないか。

コンビニエンスストアも、ファストフード店も、夜遅くまで料理を提供する店も、交番も、救急病院も、深夜スーパーも、夜の街関連だ。夜の街という記号で、何かの印象を植えつけようとしているようにしか感じない。

そこが問題だ、ということを指摘したいのならば、きちんとした基準にのっとって決まりを作って、規制するところはすればいい。もちろん、それだけの補償を「手厚く」することは必須だが。なんの手当てもなく、ムードと同調圧力で商売がしにくいようにもっていこうとしているとしか思えない。みんな生きるためにギリギリで活動しているのに、こんな差別的な振る舞いを責任ある立場でやり続けるのはおかしすぎるだろう。夜になったらウイルスが活発になるわけではないのに、印象ばかりで客観的な説明がなされないのは納得しにくい。

「水商売」は、昭和の時代から偏見を受け続けている。大正や明治にもあったかもしれないけれど、私は生まれていないのでわからない。この言葉の広い意味では、相撲やスポーツ選手、歌舞伎、演劇、演芸界なども含まれるが、一般的に思い浮かべるのはホステス、ホスト、風俗関係のイメージだろうか。

世の中の好みや人気の影響を受けやすい、川の水の増減や天候のように、収入の予測がしにくく安定しない職種を指す言葉だが、そんな先行きが見えない宿命を持っている業種の立場に、少しでも想像力を使って寄り添っていただきたいものだ。

火事場泥棒的ひも付けの動き

2020年6月7日

この原稿を書いている6月2日、特別定額給付金の申請用紙がようやく届いた。こういう対策にはスピードが要求されるということに異を唱える人はいないと思うが、このあまりの遅さに笑いすらあふれてしまう。そして、家族の名前の横に設けられた、給付は希望しないというチェックを入れる欄の無意味さに、重ねて苦笑した。

このもたもた、ドタバタを逆手に取ったのか、国民総背番号のマイナンバーと、「すべての」口座のひも付けをもくろむ動きがにわかに出てきた。

元々、国民の間で抵抗感の強いマイナンバーも「さまざまな局面」で役に立つという触れ込みではあるけれど、今回のコロナ禍では逆に手続きが滞った自治体の話も頻出して、情報の持ち腐れの感もある。

すべての口座のひも付けを、この混乱に乗じて進めてしまおうという意図はわかりやすいが、こういう不安の残る案件はことに慎重な議論を重ねてほしいと思う。自分たちの都合の悪い情報は隠蔽《いんぺい》し、よしんば出しても黒塗りの「のり弁当」状態、資料や記録は改竄《かいざん》し、重要な話し合いの議事録はそもそも残さないというような集団へ、国民の側だけすべての情報を明け渡すことに躊躇《ちゅうちょ》して当たり前ではないか。

感染症対策の専門家会議の議事録も取っていなかったが、西村康稔《にしむらやすとし》経済再生担当大臣は「自由な発言をしてもらうため」という無理やりな言い訳をしていた。そんなことがまかり通るのなら、自由な発言が前提のあらゆる会議は記録を残さなくてもよいことになってしまう。それでは、集められた専門家たちは勝手気ままな発言をして責任を取ることを拒否するような人たちだったということなのか。その会議のメンバーが怒りの声を上げないのが不思議だ。

外国の「ひも付けがうまくいっている例」を持ち出して必要性を説く人もいるけれども、成り立っているのはシステムと、扱う側に対する高い信頼性が担保されているからだ。スーパーシティ構想にも言えることだが、今の政権に、それを安心して任せようという国民が日本にどれほどいるのか、大いに疑問がある。

だいたい、ＩＴ担当相に、パソコンを触ったことがないような人物を任命するような「不適材不適所」。マイナンバーの不正利用や流出などは２０１８年度で約２８０件に上っている。セキュリティーの脆弱性《ぜいじゃく》は顕著で、効率よく正確に情報を処理できる体制も整わず、「日本モデル」になっている行政の縦割り状態を改善もせずに、情報だけはひも付けして監視しようという魂胆は見え透いている。

困った時の補償や給付を迅速に行うというおためごかしをうたうなら、世帯ごとに、あるいはすべてのマイナンバーに一つずつの口座をひも付ければ事足りるではないか。「給付の迅速化」という説得力のない釣り文句に、食指は動かない。

必ずしもそうではないのかもしれないが、例えば、銀行口座に1000万円を超える預金があることを理由に、介護保険の認定の枠から除外されて、高額の施設料が必要になってしまうという話もある。「老後には2000万円用意しておけ」と金融庁の報告にあったのに、どう自分たちの身を守ればいいのだろう。キャッシュレス化が進む中ではあれど、たんす預金の死守を促すことになるのではないか。

コロナ騒ぎが起きた時に、便乗して「緊急事態条項さえあれば」などとネットに奇妙な投稿をした自民党議員もいたが、このひも付けも同じくおためごかしの火事場泥棒的な誘導で本当にたちが悪い。コロナ利用の印象操作はやめていただきたい。

ゴミ収集、夜間ではダメですか?

2020年5月31日

私の住む東京都世田谷区は、ご多分に漏れずゴミの収集は午前中に行われる。もちろん、交通事情や全体の量の多寡で午後にずれ込むこともあるが、おおむね早めの時間にゴミは集められている。

たまさか早い時間に収集作業が終わってしまい、その後にゴミを出そうとして玄関先にゴミ袋をぶら下げて間抜け面をさらすことも少なくない。燃やせるゴミの日なら3日も待てばまた引き取ってもらえるが、2週間に1度しか収集されないペットボトルだと、軽いけれども異様にかさばる袋をどこかに収納しておかなくてはならなくなる。

仕事のせいにばかりはできないが、昔から生活が不規則なので、朝早くに起きてゴミ出しをするのは結構なストレスではあった。

福岡市では、ゴミの収集は、日没から深夜0時の夜間に行われている。近隣の福岡県春日市や同県大野城市などでも夜間収集は行われているけれども、全国20の政令指定都市で、市全域で行うのは、福岡市だけだそうだ。住民にとってのメリットは大きく、なぜ他の地域がこの方式に倣わないのか、不思議だ。

まず、会社員の家庭では、朝ごはんの支度から出勤、登校の準備などに追われる中、ゴミ袋にまとめて収集所に出す一手間が、意外と面倒だ。深夜乗務のドライバーや飲食店関係者など、夜が遅い人たちにとっても、遅い時間の収集はありがたいのではないか。

そして、夜に出た生ゴミを、長時間置く必要も少なくなる。ハエやゴキブリなど、害虫の繁殖も減らせるかもしれない。

収集に備えて、深夜や早朝にゴミを出しておくと、カラスの標的にされてしまう。ゴミを突いて食べ物を探したり、臭いで近寄ってきたりすると思っている人は多いが、カラスは昼行性で、視覚で突撃してくる。カラスが活動をあまりすることのない夜間のゴミ出しは、美化にもつながるのだ。

夜間に収集車が動けば、渋滞を起こしたり、渋滞の影響を受けたりすることが少ない。朝の通勤フッシュ時間に角々に止まって作業をすることがなくなるので、経済活動にも寄与する。

そして、結果的に役立ったのが防犯だ。泥棒が住宅を物色したり、ひったくりをしたり、痴漢が一人歩きの人をつけ狙ったりすることが難しくなる。これは夜道を歩く人たちに心強い味方になる。

深夜の特殊業務になるので賃金はかさむかもしれないが、勤労意欲は生まれるのではないか。おまけに、さらなる感謝の対象となるのだ。福岡市政アンケートによると、なんと97％以上の人が満足しているという。

暮らしやすさのポイントになるので、間接的ではあるけれど、税収にも役立っているかもしれないし、防犯予算、渋滞対策費などとのやり繰りで、実はそれほど財政を圧迫しないのではないだろうか。

福岡市には近年、そういうアイデアを出す人材がいるのだろうと思っていたら、何と1961年頃には定着していたシステムなのだそうだ。

以前は、夜間の作業員の声に苦情が出ることもあったが、現在は車の後部に集音マイクがあり、運転手とやり取りができているという。やりようはあるのだ。

コロナ禍で閉居している中、断捨離を進めた人（中には配偶者を断捨離しようとする人）も多いと聞くが、乗り越えて落ち着いた暁には、ゴミの出し方、集め方を見直す機会が生まれるかもしれない。

私にとっては、現政権を粗大ゴミに出してしまいたい今日この頃だが、最後にこんなことを書くと「それが言いたかっただけか」と言われてしまうので、やめておく。

#検察庁法改正案に抗議します

2020年5月24日

今国会で不自然な形と、要領を得ない答弁の連発で進められていた検察庁法の改悪は、何とか採決を断念させることができたようだ。

コロナ禍の最中に、安倍晋三首相の主観では必要至急だったのかもしれないけれども、客観的には不要不急の検察庁法改正案をなぜか急いで強行採決してしまおうという風情を見せていた政権は、折しも在宅を強いられていた人たちが多く注視することになって、その意図が丸わかりになってしまうという流れとなった。ネット上で反対の声がこれまでにないほど湧き上がり、「#検察庁法改正案に抗議します」というハッシュタグがつけられたつぶやきが700万件も上がって、普段は政治的な発言におっくうな有名人たちも多くが怒りを示した。関連ハッシュタグの意思表示も含めれば1000万件、2000万件を数えているかもしれない。いわゆる「ツイッターデモ」と呼ばれる状態になったのだ。

緊急事態宣言のもと、街に出にくいので集会やデモは起こらないと高をくくっていたのだろうか。火事場泥棒ならぬコロナ場泥棒の所業だったのだが、これまでさまざまな悪法を強行してきた安倍氏も、今回は読みが狂ったのかもしれない。

日々の生活に追われ、通常の社会活動のなかでは物理的にも心理的にもプレッシャーが多いのか政治的な意思表示をしづらいが、在宅でじっくり調べたり考えたり、あるいはネットに触れる時間や機会も多くなり、声を上げやすかったのかもしれない。

安倍氏はなぜか、国家公務員の定年延長が問題にされたかのような言い回しをするのだが、定年延長に反対の声はない。多くの国民が怒ったのは、検察庁法改正案に書き加えられた、役職延長に関するギミック（策略）であって、政権による恣意《しい》的な人事が行われることによって、検察の独立性が大きく壊されることが問題なのだ。

それを、他の国家公務員の定年延長法案と抱き合わせて一括で通そうとし、分割や修正の要求に応じず、必要かもしれない部分まで一緒くたに取り下げてしまった。「反対した人たちのせいで大事な法案全体が通らなかった」と、後で野党への攻撃材料に使うもくろみかと疑ってしまう。

「恣意的な人事の懸念は、ない」と述べる安倍氏だが、元加計《かけ》学園客員教授が文部科学大臣、元加計学園監事が最高裁判事、加計学園理事長が後援会幹事を務める厚生労働大臣など、その「実績」は正視できないほどではないか。

聞き手を櫻井《さくらい》よしこ氏が務めるインターネット番組の中で、安倍氏は「黒川弘務《くろかわひろむ》東京高検検事長の定年延長は法務省からの提案」と話していた。しかし、これよりも前に、法務省から、東京高検検事長に名古屋高検検事長の林真琴《はやしまこと》氏を就任させる人事案を示されたが、官邸が潰したとの報道もある。そして安倍氏の周辺はこれを隠していた。

さらに、安倍氏は黒川氏と会ったことがないという趣旨の話もしている。しかし、過去の首相の動静にはっきりと2人で会った記録が残されている。また、また、またまた、官僚たちが「国難がつく嘘」につじつまを合わせなければならない無理難題の出題がなされた様相だ。もううんざりではあるけれど、安倍氏の言葉の真偽を追及する面倒な作業が新たに生まれてしまった。

新聞やテレビのニュース番組で、「著名人から『抗議』の投稿が相次いだから」だと解説するものもあったけれど、直接政権を動かしたのは、普段は沈黙している一般の人たちが爆発的に声を上げたからだろう。表に出ている世論調査ではなく、「実際の数字」を自民党や官邸は目にし、驚愕《きょうがく》したのかもしれない。

新聞や報道番組が、そもそも批判すべきは批判するという役割を、厳しく果たしていくことが求められるのではないか。「司法、立法、行政の三権分立を壊す」というが、第4の権力とも言える「報道」は、官邸の影響を受けてはいないか。厳しく足元、いやトップをも見つめていかなければいけない。

「コロナ禍」か「アベ禍」か

2020年5月10日

「コロナ禍」という言葉が定着しているのか、あちらこちらで見かけるようになった。これを「コロナカ」ではなく「コロナウズ」「コロナナベ」と読み間違えている人も多いようで、SNSの投稿でも「コロナ渦」「コロナ鍋」と入力している人も見かけることがある。今年の新語・流行語大賞にはおそらく上がってくるだろう。「ソーシャルディスタンス」「ステイホーム」「テレワーク」「リモート会議」「3密」など、新型コロナウイルス関連の言葉が多く並びそうだ。

「コロナ離婚」という言葉も飛び出してきた。感染拡大を防ぐために、日中家にいなかったはずの配偶者が自宅にのべつ居続けることになるのだから、その間に掃除や洗濯、息抜きなどをしていた連れ合いの皆さんには、憂さ、鬱憤、ストレスが圧縮されて積もっていくのではないか。それでなくとも食事を作る回数が格段に増えるが、買い物に行くチャンスは限られる。作業は増えるが、夫はずっと家にいるのに、子育てすら手助けしようとしない。食事の用意をしても感謝の意が発せられないどころか文句すら言われる。意欲は低下し質も下がる……。悪循環が夫婦間の隙間《すきま》を拡大していく。

そもそも、夫婦の仲が良好であればいいけれども、もともと隙間風が吹いていたら、それが致命的な状況にならないとも限らない。離婚の数は、例年だいたい3月が多いようだが、今年はひょっとすると4月、5月がいつもよりは増えるかもしれない。会社での人間関係の軋轢《あつれき》などはあっても、外で働く側は気分転換がしやすいと思うが、「それほど仲の良くない相手」が同じ空間で四六時中過ごすと、ちょっとした事がけんかの引き金になることもある。

こういう状況では、普段当然のように思っていた自分の中での認識を疑う作業も必要なのではないか。夫が外で働いて生活費を入れ、妻が家事を担当する場合が多いが、夫は「俺のおかげで食えているんだ」などと思っている人が多い。自分の必要度、重要度が、妻よりも高いと思い込んでいるのだ。しかし、家をキープして切り盛りする妻がいるから外でのびのび働かせてもらえて、自尊心も保って、仕事の付き合いと称して居酒屋に行くことも許されている。夫婦で収入を得る作業を一つのプロジェクトと考えれば、双方おかげさまであり、どちらが上ということはない。直接金を受け取る立場にいても、協力して役割を分担しているのだから、収入は一緒に得ている。

今時そういう家庭も少ないだろうけれど、夫を「一家の大黒柱」だと言って持ち上げてきた風習の名残が「俺が食わせてやっている」意識なのではないか。そこに、狭い空間での長期間の閉塞《へいそく》が、ドメスティックバイオレンスのような形で出てくることも多くなるだろう。実際、英国やフランスでは、外出禁止になっていた期間は、トラブルの数が極端に増えている。

日本でも、配偶者への暴力、モラルとパワーのハラスメント、子供への虐待と性的強要など、深刻さが増している。虐待については、貧困と関係があると言われているが、狭い家で一緒に過ごさなくてはならない「弱い側」はなおさら地獄を感じるだろう。そこから抜け出そうにも、場所がない、先立つものがない。

給料から「2割返納するからさ」という演出で何かをした気になっている与党の国会議員の皆さんにはわからないことなのだろうけれど、そんなパフォーマンスではなく、高給でもいいから現実を正視して覚悟を持って経世済民の仕事をしてほしい。とても期待できそうにないが。

国民民主党の森裕子《もりゆうこ》議員が4月29日の参院予算委員会で安倍晋三首相に感染者数を問うたら、「事前通告がない」とお門違いの怒りをあらわにしていた。事前に「感染者数を聞くよ」と通告してもらわなければその数字を把握しなくてよい「新型コロナウイルス感染症対策本部長」とは一体何なのか。これはもう「アベ禍」である。

「あっさり方向転換」で一律10万円

2020年4月26日

メーカー名を
来月まで
公表でき
ないのは
なぜなのか
・・・

「5月6日までの辛抱」「あと○○日だ」と言っている人たちがいる。新型コロナウイルス感染拡大防止のために営業や活動を自粛している人たちの間であふれているつぶやきだ。気持ちは同じなので痛いほどによくわかるけれども、5月6日までに、このコロナ禍が収束することはもちろんあり得ない。

ようやく国民1人当たり10万円の給付が決まったようだが、これについてタレント出身の自民党の女性議員が「私たち党内の声が、やっと届いた！」と白々しい投稿をして不評を買っていた。自民党の二階俊博《にかいとしひろ》幹事長の横やりのような発言や公明党に押されて、一旦決まっていた30万円の世帯への給付をあっさりと方針転換して1人当たり一律10万円の給付ということになったのだが、これはそもそも共産党や立憲民主党などが主張していたことだ。前述の女性議員のつぶやきは、目立ったところで言えばいつかは既成事実化するというもくろみがあったのかもしれないが、ここまであからさまなデタラメを言ってしまっては逆効果もいいところだ。

「手を挙げたものにだけ支給する」という、例によって心ない麻生《あそう》太郎《たろう》財務相のピントのずれた尊大な主張がまたぞろ庶民の反感を呼んでいるが、なぜこの人物はこのようにいびつな言動をし続けるのか理解に苦しむ。まるで国民に「恵んでやる」という気分でもいるのだろうか。国の予算は国民が安心して暮らせるようにいったん預けている金であって、麻生氏のポケットマネーではない。一体何を勘違いしているのだろうか。貯蓄に回す人がいることも危惧しているようだが、今はそんなことを心配している時ではないだろう。

この給付について、経済同友会の櫻《さくら》田《だ》謙悟《けんご》代表幹事が「電子マネーでの給付が望ましい」という、極めてとんちんかんなことを言ってしまった。家賃や食品、生活用品など、困窮して今すぐにでも現金が欲しい人たちが働きに出なくてもいいように配る感染防止対策のカネを、経済振興と勘違いしている、欲に目がくらんだ妄言だ。家賃支払いや小規模店舗では使用しにくい電子マネーをなぜわざわざこの非常事態に給付しなければならないのか。筋違いも甚だしい。

まさかマスク２枚のお仕着せによる４６６億円（６月１日の菅義偉《すがよしひで》官房長官の記者会見で事業費は約２６０億円と発表）の無駄遣いで終わると思っていた人はいないだろうけれど、それが起きかねない政権の信頼度であることは事実だ。

この愚策「アベノマスク」について、朝日新聞の記者から「布マスクについて批判が集まっているが」と問いただされた安倍晋三氏は「御社の通販サイトでも（2枚）3300円で販売している」とやり返していたが、あまりにも子供じみた振る舞いにまたもやあきれ返る。このマスクは、大阪・泉大津の老舗「大津毛織」が手作りをしているもので、表裏2層のガーゼの間に医療用レベルの脱脂綿と不織布シートを挟み込んだ4層構造の高機能品だ。150回洗って使え、使用1回当たりの単価は「アベノマスク」よりも安い。そして「アベノマスク」はやはりというか、どこのメーカーのものかを開示していない（社会民主党の福島瑞穂《ふくしまみずほ》党首の質問に対して厚生労働省が4月21日に回答し3社を公表した後、同月内にもう3社を公表。その後も別の複数の業者に新たに発注したことが判明している）。

泉大津市の市長は「どういうマスクなのか正しく伝えてほしい」と注文をつけ、同市の市議は「大量の不良品が見つかっているアベノマスクと一緒にしないでほしい」と主張している。そもそも総理大臣ともあろう権力者が、一私企業の製品について揶揄《やゆ》するようなことを平気で発言してしまう品性はどう考えてもおかしいだろう。

これは、ネットで安倍支持者が安倍氏に近い自称ジャーナリストに告げ口のような形で伝えていた。そこから伝わったのかは不明だが「いい材料見つけた」とでも思っていた安倍氏がここぞとばかりに言ってしまったのではないか。ひょっとすると、まともなブレーンに見放されてしまったのかもしれない。

鳥肌セッションも「解釈変更」⁉

2020年4月19日

音楽家の星野源《ほしのげん》さんが、インスタグラムとツイッターに「誰か、この動画に楽器の伴奏やコーラスやダンスを重ねてくれないかな」といったコメントをつけて、ギターの弾き語りをしているところを投稿した。「うちで踊ろう」という楽曲で、もちろんコンセプトは外出などの自粛を強いられている多くの人たちが閉塞感に陥らないために元気付ける意味合いがあったのだろう。それを、音楽アーティストらしく表現したことで話題になっていた。音楽に携わる多くの人々が、ライブコンサートを中止、もしくは延期し、音楽界やファンたちの間に陰鬱なムードが充満していたところに一石を投じた格好だ。

多くの演奏家や表現者が、その動画に合わせて、さまざまな素晴らしい「セッション」を放っていった。音楽表現の持つ底力と魅力を再確認させてくれた、すがすがしい動きだった。著作権に関わらず自由に表現してほしいという意図はあったのだろう。

ところが、その趣旨、主眼を、勝手に改竄、解釈変更して利用した人が出てきてしまった。内閣総理大臣の安倍晋三という人物が、その演奏動画に、無断で乗っかって政治利用してしまうという何とも行儀の悪いことをやらかしてしまった。まるで、高貴な人物が自身のイメージアップのための映像を発信し、自己愛に満ちた所作で悦に入っているよう。個人的な感想を言わせてもらえば、鳥肌が立つような代物だ。

ツイッターでの投稿で「友達と会えない。飲み会もできない。ただ、皆さんのこうした行動によって、多くの命が確実に救われています。そして、今この瞬間も、過酷を極める現場で奮闘して下さっている、医療従事者の皆さんの負担の軽減につながります。お一人お一人のご協力に、心より感謝申し上げます」とコメントが付けられている。

自身の、「過酷を極める現場」にしてしまったかもしれない責任など何処《どこ》吹く風の投稿に、私はただあきれ返った。犬を愛《め》でたり、優雅に茶をすすったり、本を読んでいるようなポーズをとったり、テレビか何かのリモコンを操作している所作を見せたりと、「僕の自宅の日常を見て」と言わんばかりの勘違い映像だ。

ほとんどの人はこんなゆとりのあるスペースでくつろぐような状況ではない。人によっては給料も出ず、失職し、これからの生活について途方に暮れている中、犬を飼う余裕や状況にない人が大半だろう。茶を飲めば家族がぶつかってこぼしたり、うるさくて本もおちおち読めなかったり、リモコンは子供たちと取り合いになったりする、というのが相場ではないか。およそ星野さんのコンセプトなど理解しようとも敬意を払おうともしない、投稿のどこにも星野の「ほ」の字もない。

漫才師のオール巨人《きょじん》さんが、この所作を自身で再現してパロディー写真にして投稿していた。「絶対こんな気持ちで、待てません」というコメント付きで、前述の4場面のうちの、読書で手にしているのが『表現者クライテリオン』という雑誌の2019年11月号で「安倍晋三　この空虚な器」という特集の見出しが表紙に大書きされている。

喜劇役者の間寛平《はざまかんぺい》さんも投稿し、「安倍首相の動画を見たけど犬を抱いたり、お茶を飲んだりしてたけど僕は安倍首相は家にいてる時はマスク作ってると思ってたのに、がっかり、アヘ～」と皮肉っておられた。

ドイツのメルケル首相や英国のジョンソン首相、ニューヨークのクオモ知事らのまっとうで潔い施策と実行力、スピード、国民・市民に語りかける説得力ある言葉に、彼我の差があまりにも大きすぎてため息すら出ない。テレビの「日本すごい」番組にうつつを抜かしている間に、一度ことが起きればハリボテ以下だったことが露呈した政権のすっとこどっこいの体たらく。「腹が立つということは生きている証拠」と自分に言い聞かせるしかないとは。

プロの仕事に敬意と補償を

2020年4月12日

生まれて初めて、高速道路でパンクするという経験をした。

割合と最近、車のタイヤを履き替えたばかりだと思っていたが、もう3年もたっていた。しかし、取り換えるほどに溝が摩耗していたわけではなく、どこかで曲がった釘《くぎ》を踏んでしまったようだ。

「パン」という音でも鳴ってくれればすぐにでも気づくのだが、どうやら走行するうち、徐々に空気が減っていったようで、パンクによる振動を、速度抑制を促す路面の凹凸かと思っていた。ところが、その区間をとうに通過し終えているのに不自然な感覚があったので仕方なく路肩に寄せてハザードランプをつけた。

ＪＡＦに電話をかけると「到着まで70分ほどかかります。追突されるといけないので、車から降りて、後方数十メートルのあたりで待っていてください」とのことだった。

じっと立っていると、通り過ぎるトラックの風圧で足元が揺らぐので恐怖を感じていた。やがて首都高パトロールの方が来て「怖かったでしょう。危険ですので、車内でお待ちください」と促され、とにかく言われるままにした。

待つ間、積載車で車ごと一般道まで下ろしてもらい、ＪＡＦの方が到着したら、それはもう手際良く応急用のタイヤに取り換え、自宅まで送ってくれた。会費を払っているとはいえ、それぞれの専門の技術と連携にただ感じ入るのみ、プロフェッショナルというものはかくあらねばならないのだろうなあと尊敬しきりだった。

アップルのｉＰｈｏｎｅの新機種移行でつまずいて、サポートセンターをお願いしたら、顔が見えない中、すこぶる丁寧かつ的確なアドバイスをいただいた。途中、難易度の高いところはコンピューターの同じ画面をこちらと向こうで同時に見ることができる方法（許諾が前提）があるようで、見慣れない赤い矢印がディスプレーに出現し「ここを押して」「ここが問題」と教えてくれる。これまた、プロの高い技術と矜持《きょうじ》を垣間見た。

普段何気なく利用しているコンビニエンスストアの店員さんにも尊敬を禁じ得ない。ただレジ打ちを教えてもらうだけでは務まらない、広範な情報を整理し、記憶するスキルが求められる。何百、何千とある商品の把握も大変なことだろうし、それぞれの場所や追加の作法、加熱の仕方、割り箸やスプーンなどどういうものを添付するのか、チケットの予約や受け取り、店内端末の取り扱い方、公共料金の処理の仕方や支払期限のチェック、アルコール販売の作法、たばこの銘柄、宅配便の受け付け方、おでんの具材、唐揚げの管理などなど。

これだけのことを覚えていても、使う側はそれを当然のことのように思っている、というより意識すらすることが少ないだろう。

重ねて、近年は外国人のスタッフも増えた。

「てい」「キム」「グエン」などと記された名札を胸に付け、片言の日本語で、おそらく初めて暮らす国のこれだけの情報量を頭にたたき込んで、的確に仕事をこなしている。その前に、日本に来てくれる動機が就学か就業かはわからないけれども、前段階での勇気は、私の中にはない。

彼らの勇気と努力と責任感を、日本国内で緩み切ってぼんやりと見るのではなく、もっと敬意を持って接したいものだ。

緊急事態宣言が出され、自粛という言葉のもと、彼らの報酬が下がったり切られたりということがあるとするなら、そこへの補償がなければ、近い将来、日本国の恥ともなりかねない。選挙権を持っていようがいまいが、日本に住む以上分け隔てなく十分な補償をお願いしたいものだ。

小池都知事の「頑張っている感」

2020年4月5日

訃報に接した時、「謹んでお悔やみを申し上げたいと思います」と言う人がいる。昔から、お悔やみの時に「～たいと思います」と言うことに違和感を覚える。なぜ「申し上げます」ではなく、ワンクッション置くのだろうか。さらには、最後に「～けれども」まで付ける人がいる。記号的に言っておけばいいだろうという気持ちが表れた印象を持ってしまうのだ。

東京都の小池百合子知事が、コメディアンの志村《しむら》けんさんが新型コロナウイルスによる肺炎で亡くなったことについて記者から聞かれて、「お悔やみを申し上げたいと存じます」と前置きのように言ってから、エンターテイナーとして笑いを届けてくれたことに謝意を表した後、「最後にですねえ、悲しみとコロナウイルスの危険性についてですね、しっかりメッセージを皆さんに届けてくださったという、その功績も、最後の功績も大変大きいものがあると思っております」と言った。いや、言ってしまった。心がない、というのはこういうことを指すのだろう。

志村さんの死は、結果的には注意喚起につながったのかもしれないが、弔意として言うべきことかどうか少し考えればわかりそうなものだ。この人の人間性、優先順位はこんなところなのだろう。

オリンピック延期が決定した途端に、連日のように発言し、検査数と患者数も急激に増え始めたが、もっと早く簡単に検査ができるよう徹底していれば、首都ロックダウンうんぬんの話も出てこなかったかもしれない。

都知事の緊急記者会見は、なぜ「緊急」にしたのかわからない内容だった。いろんな業種（なぜかパチンコには触れない）をやり玉に挙げて注意喚起をしていたが、もっと早くから定例会見でやっていればよかったのではないか。「頑張っている感」を演出しているだけのように見えてしまう。そもそも、「3密」と呼ばれる要素を、自ら新たに生み出そうとしているようにしか思えない。

記者から「夜出歩くなとかわかるんですが、それを聞くために夜集まった私たちは何なんですか」と指摘され、「状況は刻々と変化しております」と開き直っていた。しかし、「どう変化しているか」という流れを示さずに、「緊急」と銘打って記者を集めるのは不可思議な話ではないか。刻々と変化するなら、それこそ定例にして、それもネットを通じて、大勢で集まらなくとも発表することはできるだろう。その配慮を言行一致で見せて手本となるという発想すらないのだろうか。それではテレビに映してもらえないからだめなのか。

　菅義偉官房長官は、不要不急の外出や式典の自粛を要請していたのに、自身は大勢を引き連れ沖縄を訪問して、那覇空港の第2滑走路供用開始式典に参加し祝辞を述べ、会合に出席し、マスクなしで土産物店のスタッフと会話を交わしつつ握手をしていた。自分は例外なのか。もしくは、沖縄は例外なのか。

　安倍晋三総理大臣の妻、昭恵《あきえ》氏が個人的に「桜を見る会」をやっていたとされる写真が出回り、安倍氏が「レストランの敷地内だ」と不思議な釈明をしていたが、そんなことはどうでもいい。国民に花見などの自粛を要請しつつ、それを誘発するような行動を取ることが問題なのではないか。

　そして安倍氏自身も、卒業式などを自粛するように呼びかけておきながらも、自身は防衛大学校の卒業式に出席して訓示を述べ、憲法9条を改変する意志を披歴するという憲法99条違反の内容をしゃべっていた。

　国民と、「偉い人たち」は別物で、そして範を示す必要などないと思っているのだろうか。そして、補償の話は一向にまとまらない。「ください」ではなく「返せ」という話なのに。

不可思議すぎる優先順位

2020年3月29日

北海道で会社が新型コロナウイルスの影響で倒産に追い込まれる事態が相次いでいる。北海道のみならず、全国にこの波は広がっていくだろうし、製造業だろうがサービス業だろうが、この大波はあらゆるところに及んでいくことは確かだ。

操業を停止したり、資金繰りができなくなったりで、そもそも限界ギリギリのところで持ちこたえていた中小企業は、愚かしい消費増税と忌まわしい新型コロナウイルス感染拡大の駄目押しダブルパンチが重なり、これから先もドミノ倒しのように次々と潰れていってしまうだろう。もちろん、そこで働く従業員とその家族も路頭に迷うことになる。すでに光熱費や電話代、家賃など、毎月固定で出ていく支払いすら滞って家計が破綻している人も多く出ている。当たり前のように迅速な対応が求められるはずが、政府の対応はとてもそうは思えないいびつなものだ。西村康稔経済再生担当大臣は、検討している国民への現金給付について「早くても5月末に」などと寝ぼけたことを言っている。ならば、今はどう考えても、消費税を停止することが優先だろう。火の車の台所事情を抱える家庭にとっては救いになるし、余裕のある人たちへは不動産や自動車など大きな買い物をする背中を押すことにもなって、経済に良質の刺激を与える可能性が高い。まずは生活支援が必要な層への配慮が急務なのに、「消費税の減税は即効性に乏しい」という理由で、雀《すずめ》の涙ほどの商品券給付に拘泥する意味がわからない。

多くの国で外出禁止令や渡航制限が敷かれる中、なぜか旅行代金の補助を言い出した。日本では「不要不急の外出を控えるよう」要請しておきながら、旅行代金の補助とは不思議な優先順位だと思っていたら、自民党の二階俊博幹事長が、全国旅行業協会の会長なのだそうだ。この国は何でもこういった「プライオリティー」でことが運んでいくのだな。

自身の発した「私や私の妻が関わっていたのであれば総理大臣も国会議員も辞める」という言葉が引き金になって、改竄や隠蔽を強いられた近畿財務局職員の赤木俊夫《あかぎとしお》さんが自死を選ばざるを得ないと思ってしまったことに、ひとかけらの罪の意識も感じない安倍晋三総理大臣や、組織のトップである麻生太郎財務大臣の、あれこれ言い訳を作って面会や墓参から逃げる様を見て、「こんな卑怯《ひきょう》者たちに生命と生活を預けなければならない」という憤りは、日に日に高まり募る一方だ。

財務省職員が命がけで残した幹部官僚による不正の詳細な記録が公表され、なかったことにせよというプレッシャーに平々と従う身内による再調査ではなく、遺族は第三者による客観的で公正な調査を求めている。多くの国民も同様の思いだろう。赤木さんの奥さんが言うように、疑われている対象者である安倍氏やその取り巻きは、「再調査はしない」と決める立場ではない。

赤木さんの死に関する質問をされている時に、当の安倍氏はニヤニヤ笑いながら麻生氏と私語を交わしていたのが、彼の人柄、品性を象徴的に表している。

世界の危機が訪れている今、国民の命を守らなければならない立場に、こんな不誠実な人物を据えていていいはずがない。もういいかげんに彼を辞めさせなければならない。

「むきゃんかくじあい」が定着する⁉

2020年3月22日

最近、情報番組に出演するアナウンサーやコメンテーターが、「むきゃんかくじあい」と言ってしまうことが頻繁に起きている。もちろん、新型コロナウイルス感染拡大防止の措置「無観客試合」のことだが、言い間違えたことに気づいていないのか、もうそれぐらい許してよということなのか、訂正されることはほとんどない。

「女王」を「じょうおう」、「体育」を「たいく」、「コミュニケーション」を「コミニュケーション」、「エステティシャン」を「エステシャン」、「ナルシシスト」を「ナルシスト」、「十戒」を「じゅっかい」と言っている人が減ることはないが、「むきゃんかく」が定着することはあるのだろうか。

同じ言葉が違う意味で定着することもある。昭和あたりまではネガティブな意味しかなかった「こだわり」や「やばい」が、今では何やら褒め言葉になっているのも一例だろう。

「大根足」というと今では悪口にしか聞こえないが、江戸時代よりもずっと昔から、白くて長いきれいな足を指す褒め言葉だったそうだ。昔の大根は品種改良されていなかったので、細長かったという。

今では熟年層を指すことが多い「年増」という表現も、そもそもは娘盛りを過ぎた頃合い、数え年で20歳を指したという。つまり、満年齢なら18歳か19歳で年増だったのだ。「大根足の年増」というと今では悪口になるのだろうけれど、随分変わったものだ。

北海道の人が「すごく」「とても」という意味で使う「なまら」も、元は新潟あたりの方言が北前船で伝わったと思える。現在ではあまり若い人は使わない言葉らしいが、新潟では昔「中途半端」という意味もあったと聞いたことがある。「生半可」からきたのかもしれない。

古くは、趣や美的理念を「あはれ」と言ったのが、今では「かわいそう、みじめ」という意味で使われるようになってしまった。小さな「っ」が入れば、「あっぱれ」という褒め言葉になるが、どこかで意味が枝分かれしたのだろうか。

「お茶でも」とすすめられた時に、「結構です」という場合と「結構ですね」と言った時では、それぞれ「いりません」「いただきます」と意味が反対になってしまうことに昔から違和感があった。

「結構」とは何だろう。結び、構え。語源を調べてみると、家の構造がしっかりしていることを褒める時の言葉だったようだ。転じて、「行き届いている」という意味になったのだろう。お茶を断る時には「行き届いています」、いただく時には「行き届いています・ね」といったところか。

政治家の言葉に誠を感じなくなった昨今では、その言葉自体の意味も正確さを失っている感がある。頻繁に繰り出される「責任」という言葉の意味は、いつのまにか改竄され、あるいは解釈を変更されているのかもしれない。

3月17日、安倍晋三総理大臣は主要7カ国（G7）首脳緊急テレビ会議の後のぶら下がり会見で、「人類が新型コロナウイルスに打ち勝つ証しとして、（東京オリンピック・パラリンピックを）完全な形で実現することにG7の支持を得た」と語っていた。ちょっとどころか、この大きな違和感は何だろう。「打ち勝った証しとして開催する」というのならわかるが、「打ち勝つ証し」とは意味がわからない。これから先の事態がどう転ぶか世界中の人が予測不能だといっている中で、「打ち勝つ」ことを願っているのに「証し」と無責任な表現を、G7の首脳たちが、どういう形で支持したのか。話の流れをぜひつまびらかに、なまら聞いてみたい。

「失われた10年」ならぬ「失った20年」

2020年3月15日

自分に近い者が、急な病気で旅立ってしまった。深い悲しみの中で、時間というもののありがたさと残酷さを、身にしみて感じる。

「時は金なり」という言葉を初めて聞いたのは、子供の頃見ていた『クイズタイムショック』というテレビのクイズ番組で、司会を務めていた俳優の故田《た》宮《みや》二《じ》郎《ろう》さんが「現代は時間との闘いです。さあ、あなたの心臓に挑戦します。タイム・イズ・マネー、1分間で100万円のチャンスです。果たして超人的なあなたはこの1分間をどのようにして生かすか。クイズタイムショック」と、まるで機械のような早口でまくし立てていた時だったろう。

子供の頃は、時間など無限にあるような気持ちでいたので、この言葉にはもちろん共感も実感もなかった。その後、「時は金なり」と訳されて日本語の慣用句にもなっていることに気づいたが、その時も、アルバイトの時給でぼんやりと「なるほど」と思う程度のことだった。

この「Ｔｉｍｅ　ｉｓ　ｍｏｎｅｙ」という格言を残したのは、アメリカ合衆国建国の父の一人で、１００ドル紙幣の肖像画にもなっているベンジャミン・フランクリンだという。彼はもちろん、時給のことを念頭に置いて書いたわけではないだろうが、私はずっと「時間はお金と同じくらい大事だ」という解釈をしていたような気がする。

個人的な話で恐縮だが、最近になって、その考えに変化が起きてきた。金は取り戻すことができるけれど、時間は取り戻せない。失った時間というものは、二度と手に入れることはできない。

金というシステムは「手段」でしかないが、それを目的化してしまっている人は多いようだ。「金なんて持っていてもあの世には持っていけない」とはよく聞く言葉だが、人生には限りがあるので、不釣り合いに金にこだわってもむなしいだけだ。

世の中で最も大切なものは命であるということに異論は少ないだろう。それは、どんな大金を持っていても、寿命を延ばすことはできないという単純な話だ。つまり、時間こそ、一番大切にしなければならないものだということだろう。「Ｔｉｍｅ　ｉｓ　ｍｏｎｅｙ」ではなく、「Ｔｉｍｅ　ｉｓ　ｍｏｒｅ　ｔｈａｎ　ｍｏｎｅｙ」なのだ。

国の経済を語る時に、「失われた10年」というような言い回しを耳にすることがある。本来ならば、適切な対策を打って効果的な資金の使い道を選んでいれば改善できたものを、無為無策、的外れな愚策で時間を空費したことを揶揄する趣旨だと思うが、この国で起きていることは「失った20年」なのかもしれない。

経済だけではない。少子高齢化対策も待ったなしだと言い続けて数十年、実権を持つ者たちはいったいなにをしてくれたのだろう。

新型コロナウイルスについても、専門家会議の副座長が「この1~2週間が瀬戸際」と言ったのが2月24日。その後、安倍晋三総理大臣も「ここ1~2週間が瀬戸際」「ここ1~2週間が極めて重要」、3月2日にも「これから1~2週間」、3日と4日にも「この1~2週間が山場」と表現していたが、その瀬戸際、重要、山場などという時期が過ぎても、「緊急事態」を宣言できるような法律にすると閣議決定したとかのニュースだけで、無為に時間だけが過ぎていった感触しかない。

一斉休校で、子供たちの時間が空費される中、政治家の皆さんは政治資金集めのパーティーや各種うたげに興じ、ある閣僚は風通しの良いゴルフ場で過ごしている。

他人の時間を奪ったり浪費させたりすることは、「人命を削る」ことだという意識を持ってほしい。

首相会見打ち切り 自宅直帰のワケ

2020年3月8日

参院予算委員会で、立憲民主党の蓮舫《れんほう》議員が新型コロナウイルスについて、高齢者のほうがリスクが高いのに、専門家の意見も聞かず安倍晋三総理大臣が独断で全国の小中高校と特別支援学校に臨時休校を要請したことなどで、高齢者施設に同等の対応をしないのはなぜかと質問した。加藤勝信《かとうかつのぶ》厚生労働大臣が答弁している最中、与党席から自民党の松川《まつかわ》るい議員が「高齢者は歩かない！」と不規則発言、というよりも差別的なヤジを飛ばした。

蓮舫氏が回転の速さで即応し、大臣にも「同じ認識か」と問いただしていたが、この松川氏、これ以前にもコロナウイルス問題に便乗して「緊急事態条項があれば」などと、問題の大きすぎる憲法の改悪へ誘導しようと火事場泥棒的な書き込みをしていた人物である。

松川氏は自身のブログで、「（要介護施設入居の）高齢者は（子供達のようには出）歩かない」という趣旨だと、まったく説得力のない幼稚な言い訳をつらつら書いているが、要は下劣なヤジをやめれば済むことだ。そもそもヤジに「趣旨」などあってたまるか。権力を持たざる側から権力者に対してのヤジと、その逆がまるで同等であるかのような勘違いに重ねて、まるでヤジを聞いた側が「誤解」したかのような物言いにはあきれるばかりだ。

さて、蓮舫氏は、安倍氏がコロナウイルス問題について「会見」と称して開いた「演説会」で、記者からの質問に対する答えも用意された原稿を読む形ですすめ、まだ質問があると手をあげる記者もいる中、とっとと終えて、忙しいのかと思いきや自宅に直帰した件でもただした。

「ジャーナリストの江川紹子《えがわしょうこ》さんが、『まだ質問があります』と挙手しました。なぜ答えなかったんですか」という質問に、安倍総理が「あの、これはですね、あのー、あらかじめ、えー、ま、記者あー、クラブとですね、あの、おー、ま、広報室側で、えー、あの、ある程度の、え、打ち合わせをしていると、おー、いうふうに聞いているところでございますが、ま、時間の関係で、えー、時間の関係で、ですね、あのー、お、うちらせ（打ち切らせて?）、えー、いただいた、とまあ、こういうことでございます」としどろもどろ。何をそんなにうろたえているのか。いつもは、ことに女性議員には居丈高になる安倍氏だが、支持率が下がっているせいなのか、意外と言葉だけは低姿勢の印象だ。

そこで蓮舫氏が「いや、36分間の会見終わって、そのあとすぐ帰宅しています。そんなに急いで帰りたかったんですか」と聞くと、安倍氏は「あの、えー、いつも、えー、この、おー、総理……会見、においてはですね、ある程度の、おーこの、えーやり取り、や、やり取りについて、え、あらかじめ質問を、頂いている、ところでございますが、えー、その中で、誰に、えーこの、お答えをさしていただくか、ということについては、ですね、司会を務める、えー、広報官の方で、責任もって、対応をしているところで、えー、あります」。

もう、わらうしかない。毎度のことながら、「急いで帰りたかったのか」という聞かれたことには一切答えなかった。

とうとう蓮舫氏に、「いや会見でね、総理はね、『さまざまなご意見、ご批判、総理大臣として、そうした声に真摯《しんし》に耳を傾けるのは当然だ』と。だったら、広報官を止めて、遮らないで、会見をもっと続けて、江川さんやみんなの声に応えると、何で自らそこでリーダーシップを発揮しなかったんですか」とピシャリとやられていた。

どうだろう、日本国のトップとしてこの体たらくは。これはコント台本ではない。

ネットに増殖「コロナかかってる人いない」

2020年3月1日

街中を歩いていると、SF映画の中にいるような錯覚を覚える。ホテルのフロントも、百貨店の販売員も、喫茶店の従業員も、劇場の客席も、マスクだらけだ。もともと、ややこしいウイルスが蔓延しているわけでもない平時、マスクを着用している人に違和感を持っていたのだけれど、そんなことは言っていられない状態になってしまった。

新型コロナウイルスの感染拡大で一種の集団ヒステリーのような状況だ。あくまでも、風邪のような症状が出ていて、せきやくしゃみの飛沫《ひまつ》によって他人にうつすリスクを減らすためにつけてほしいものだが、「マスクが予防になる」と無条件に信じている人が何と多いことか。もちろん少しは効果があるだろうけれど、薬局から一切のマスクが消えてしまうほど買いあさる神経がわからない。

ここまで政府や行政のオペレーションがすっとこどっこいだと、どう身を守ってどう流行を防げばいいのか、ただただ混乱が増すばかりだ。

厚生労働大臣の会見を見ても、何か遠い国の出来事のような、人ごと的口ぶりで、「検疫官の検査はしない」などと言っている。集団感染が起きたクルーズ船「ダイヤモンド・プリンセス」で業務に当たっていた職員のほとんどが、ウイルス検査をせずに職場などに戻っていたが、「検疫官や医師、看護師の資格を持つ職員は、専門知識があり予防対策ができている」から検査しないのだそうだ。そんなことを言っていても、現に検疫官が発症しているではないか。厚生労働省職員ら3人のチームで2人が感染し、残る1人は「マスクも着けていたし濃厚接触はしていない」という判断で検査もせず、何日も通常業務をした後に「陽性」が出た。それでも適正だったと言い張るのみ、現政権の「芸風」がここでも顕著だ。

しかし、「対応は変えない」「感染防止対策が不十分だったと本人から申し出があれば検討したい」という。いや、検査をしないことが「不十分」の一部になっているのは明らかだろう。最も感染リスクの高い状態であった人たちを検査対象外にするというのは、いったい何が目的なのか皆目わからない。医師、医療従事者とは言っても同じ人間なのに、どういう魔法をかけているというのか。

「2月18日から、1日に最大3830件のウイルス検査ができる」とも言っていたが、実際に18日に検査を実施したのは、996件だったという。隣の韓国は毎日数千件の検査をしているというのに。いや、必要性がないならしなくてもいいのだが、今はそういう状況ではないだろう。

この、曖昧模糊《あいまいもこ》としたやり方は、わざと疑心暗鬼を増大させたいのだろうか。それとも、検査数を少なくして、コロナウイルスに感染した人の実数を隠蔽しておきたい理由でもあるのかと思えてしまう。

ダイヤモンド・プリンセスから下船した人と確実に連絡が取れるようにしていなかったずさんさもただ情けない。

ツイッターなど、ネット上では若い女性を装ったおびただしい数のアカウントで「よく考えたらコロナウイルスかかってる人あんまりいないよね（笑）噂の力ってすごい」という、一語一句違わない同一の文面の投稿があふれている。大規模に、誰かが指令を出したかのように増殖しているのだ。これは明らかに「ある人たち」が工作を仕掛けているのだろう。

事態を矮小化《わいしょう》させて、コロナウイルス対策についての政府への批判を抑制することを目的に、アルバイトでやらせている可能性が高い。そして、まさかそこにまで税金が使われているのでは、と「私物化がお得意な人たち」が脳裏に浮かぶのだ。

第2章

ビフォアコロナの永田町

いいかげん、引導を渡しませんか

2020年2月9日

今国会の衆院決算行政監視委員会の名簿に、秋《あき》元司《もとつかさ》、菅原一秀《すがわらいっしゅう》、小渕優子《おぶちゆうこ》、船橋利実《ふなはしとしみつ》、下地幹郎《しもじみきお》、河井克行《かわいかつゆき》、丸山穂高《まるやまほだか》、甘利明《あまりあきら》という名前がずらりと並んでいる。「モンティ・パイソン」の世界なのか。いや、コントの台本にこんな設定を書けば、非常に「ベタ」なものが出来上がってしまうだろうが、現実の滑稽《こっけい》さはその先を行っているようだ。

これは何かの冗談なのだろうか。彼らが、誰の何を、どのように「監視」するというのだろう。

私の印象では、猫にカツオ節の番をさせるような状態でしかない。

さて、「おなじみの件」である。安倍晋三総理大臣主催の「桜を見る会」や、ホテルニューオータニで行われた安倍氏の後援会主催の（と言ったり、主催ではないと言ったりしている）前夜祭について、名簿や領収書や明細や主催や契約や規約やその他もろもろのことどもの全てにおいて疑惑が深まる一方で、混沌《こんとん》としすぎて「何が問題なのか」を一言で言えない状態だが、安倍氏やその周辺は、求められる資料を明示さえすれば一瞬で解決するのに、なぜひたすら拒み続けるのか、その意図や動機が不明のまま、なんと2月に入ってしまった。疑惑、というよりも、怪しさは募る一方、説得力はひたすらゼロに近づく一方だ。

安倍氏の後援会は前夜祭の代金の徴収を代行しただけで、契約はホテルと参加者個々人の間のことだとありえない説明（も破綻しているが）をしていることで、立憲民主党の黒岩《くろいわ》宇洋《たかひろ》衆院議員から「ならば明細書の宛名はどうなっているか」を問われて、安倍氏は答えられない。答えられるわけがない。主催は後援会なのだから、これはもう完全に政治資金規正法違反であって、ここまで言い張ったら今後は「うっかりミス」という申し開きは金輪際使うことができない。人ごとだが、どうするつもりなのだろう。

昨年から、年が明けても追及を緩めてはいけないと申し上げてきたが、奇妙・奇天烈《きてれつ》・珍妙なちぐはぐ答弁で、自ら火に油を注いでいる当事者たちは、いったいどういう心境か。そして、隠蔽に加担させられている官僚も気の毒としか言いようがない。

何か事が明るみに出るたびに「真摯に反省し職責を全うしていきたい」「刑事事件として捜査にさわるのでコメントは控えたい」「法にのっとって適正に処理している」「誤解を招いたのであるならば撤回する」と、聞き飽きた言い訳、言い逃れ、謝るフリ、へりくつ、ご飯論法、論点ずらしが矢継ぎ早に繰り出される。

政権が腐敗しきっているのは明白なのに、言い張り続ければ国民は諦めるか飽きるかするだろうと高をくくっている。もういいかげん、引導を渡しませんか、報道関係者や志のある官僚の皆さん。森友《もりとも》疑獄、加計疑獄、カジノ疑獄も終わってはいない。

話は変わるが、2月4日に生放送された国会の衆院予算委員会の中継を見ていた人が、「質問に立っていた立憲の本多平直《ほんだひらなお》衆院議員が『ちょっと違和感』のことを引き合いに出していたのではないかな」と言うので、事務所で録画してあった映像を確認した。

たしかに本多議員が「総理が『募ると募集は違う』と言った時にね、コラムにも出てましたよね、高市《たかいち》（早苗《さなえ》総務大臣）さんが『これは反応したらあかんと思ったんじゃないか』ってコラムニストの方が、非常にすてきなね（中略）なかなかコラムニストの方が素晴らしいなと思ったんですけど」と言っている。この内容は前回私が書いたこと（P65）だけれど、コラムのタイトルも新聞名も言ってくれていないので、他に似た指摘をした人がいるかもしれず、確実ではない。もし当該であれば読んでくれてありがとうございます。ちゃんと宣伝してくれればもっと良かったのだけれども。

「募っているが募集してない」

2020年2月2日

安倍晋三氏の事務所が、「桜を見る会」の参加者を広く募集していた問題で、共産党の宮本徹《みやもととおる》衆院議員から「参加者募集をいつから知っていたのか」と質問され、安倍氏は「幅広く募っているという認識で、募集しているとの認識ではなかった」と、パラドキシカルな言い回しで、答えになっていない答弁をした。そう、「答えているという認識で、答弁しているという認識ではなかった」とでも言いたくなる恥ずかしさだ。

質問に立っていた宮本議員は「日本語を48年間使ってきたが、『募る』と『募集する』は同じですよ」と、小学生に諭すようなことを言っていた。衆院予算委員会では嘲笑を含む大笑いになり、これには与党の議員からも失笑が漏れていた。

国会中継の画角で言えば、安倍氏の後ろに座っている高市早苗総務大臣が、首を傾けながら、驚いたような、あきれたような、「いやいやあかんわ、反応せんようにしよ」といった心の動きが一瞬で錯綜《さくそう》したような面持ちだった。

これは不意打ちだ。自民党の中でも、「うちの親分、大丈夫か」という空気なのだろう。もはや裸の王様である。

これは、自身の疑惑への言い訳として繰り出された「ご飯論法」(にもなっていない)的なものだろう。きっとこの人は、「広く募る」と「募集する」は違うものだと、本気で「認識」していたのかもしれない。かつて、いわゆるぶら下がり取材で記者から「今年一年を漢字1文字で表すと」と問われて、「責任、ですね」と2文字で答え、記者から「1文字だと?」と繰り返されてもかたくなに2文字で答えていたが、その時の「この人、大丈夫なのだろうか」感が、今既視感として再出してきた。

妻の昭恵氏の招待枠についての言い訳は、「各界で活躍する人を幅広く把握する観点から妻に聞くこともあり、その意見を事務所へ伝えたこともある」のだそうだ。「私人」と閣議決定までした人物の推薦を受け付ける公私混同は、2019年も続いていた。

同年7月の参院議員選挙の時に、自民党から1億5000万円が河井案里《かわいあんり》氏に振り込まれていたことで、「河井夫妻(案里氏と夫の克行前法務大臣)が説明責任を果たしているという認識か」を問われた安倍氏は、しつこくしつこく「果たしていくべきだ」と、いつものように聞かれたことに答えない作戦に出ていたが、「端的に答えよ」と質問者に叱られて渋々出た答えが、「責任を果たしたか否かは国民の判断だ」と逃げた。ならば、国民の判断で、8割の人が納得していない自身の説明責任をどう認識しているのか。果たすことができないのであれば、即刻辞任すべきだろう。

「まだ桜をやっているのか」と、安倍氏の応援団やネットサポーターが判で押したように言っているが、追及する側は「桜」などどうでもいいのだ。公私混同し、嘘をつき、選挙違反をし、公金流用し、一部の自分たちに都合の良い人だけを優遇する政権かどうかを検証しようとしているのであって、それは全ての国の運営に関わってくる大問題なのだ。私たちの血税から、大金持ちや大企業や「上級国民」や地元の有権者や反社会的な人物や腹心の学校経営者やトランプ米大統領にばかり恩恵を与えるような政権なのか否かを確かめようとしているのである。

何度でも言うが、政権や内閣府などが、隠している資料・データをつまびらかに提示すれば一瞬で終わる話なのに、なぜか応じず、ウソが小出しにバレていく状況をあえて続ける安倍政権にこそ、「喫緊の課題が山積しているのに、いつまで検証や調査を渋っているのか」と要求すべきなのだ。それは、野党からだけでなく、「本心からまっとうに」自民党を支持する人たちからこそ、そう求めるべきではないか。

「疑惑」議員たちの雲隠れ

2020年1月26日

　公職選挙法違反を問われている自民党の河井克行前法務大臣と、妻で同党の案里参院議員が、2カ月半の雲隠れののちに、刑事捜査の対象となった途端、夫婦別々に記者会見した。双方何を聞かれても「捜査中なので回答を控える」と言い張るのみだった。正直に事実を話すことが、捜査にどのような支障をきたすというのか。「捜査中なのでお話しできません」とは、その疑惑が事実の場合にしか起こり得ない状況ではないのか。
　全く働いていない期間の給料をもらい続けることに、何の反省もない。いったい税金を何だと思っているのか。歳費の返納システムが整備されていないのだから、議員辞職するのが人の筋だろう。
「どのような思いで国会議員を続けるのか」と問われ、案里氏は「日本を変えるためです」と大きく出た。自分でよく噴き出さなかったものだ。自分の行動にも責任を取れない人物に、大切な国の姿を変えられてたまるものか。雲隠れの言い訳は「適応障害」だという。全国でこの病気に苦しむ人は多数おられるが、彼女のこの言い草と、記者会見後に建物の中に入ったあとのニヤニヤとした笑い顔をどう受け止めただろうか。

同じく自民党の菅原一秀前経済産業大臣も、河井夫婦に便乗するかのようなタイミングで姿を現し、「睡眠障害」を言い訳にした。同じく自民党の甘利明衆院議員もそうだった。都市再生機構（UR）の口利き疑惑で「適切な時期に全容の説明をしていきたい」と言うが、「していきたい」というのは先延ばしにしたい自分の希望である。これでは質問した側が「不適切な時期に質問をした」ということになってしまう。「適切な時期」は、疑問を持たれた瞬間だ。隠せば隠すほど、延ばせば延ばすほど「不適切」の度は増す。

同じく自民党の下村博文《しもむらはくぶん》元文部科学大臣も、加計学園からの不正献金疑惑で東京都議選（2017年夏）が終わったら説明すると言っていたのに、もうほとぼりも冷めたからいいだろうと言わんばかりの振る舞いだ。同じく自民党の谷川弥一《たにがわやいち》元文部科学副大臣も、選挙終了後に運動員へ報酬として現金を渡していた疑惑を「調査中」としながら進捗《しんちょく》を伝えていないのではないか。

適応障害や睡眠障害などで苦しんでいる深刻な状況の人たちにどう顔向けをするのか。ましてや国会議員はそういうことも言い訳にできない責を負う部分もあろう。逃げ口上に使うのはあまりにも下劣だ。「桜を見る会」の招待者名簿が破棄された問題で、安倍晋三総理大臣が障害を持つ職員のせいにした時と似た心根の悪さを感じる。

安倍氏が、1月20日の施政方針演説で桜を見る会の名簿破棄・隠蔽や、自らの公職選挙法違反の疑いなどには一切触れずに、何か輝かしい実績を作り上げているかのようなまやかしの高説をぶっていた。その中で、自分の政権が何かをやっている感を演出するために、実名まで挙げて盛り込んだ地方移住の「成功例」の人物が、実はすでに島根県江津《ごうつ》市から転出して東京に戻っていることがわかった。実績があるかのように強調する好例が見つからず、ちゃんと確認もせずに演説に盛り込まれてしまったのだろう。

「◎◎さんはパクチー栽培を行うため、東京から移住してきました」「若者のチャレンジを後押しする環境が◎◎さんの移住の決め手となりました」とたたえたけれども、なかなかにむなしい。桜を見る会の名簿は、「功績のあった方々」という前提でも名前を公表しないのに、もう転出してしまった農家の男性は実名を演説でさらされるという、その線引きはどこなのだろう。

菅義偉官房長官は毎度のように「問題ない」で片付けようとしている。「本人に確認した上で原稿に記載した」と言うが、江津市には知らされていなかった。なぜそれをわかった上で人口増の例として出したのだろう。継続して成功している事例が他に見当たらないということなのか。

国会に蔓延する答弁拒否病

2019年12月22日

安倍政権による答弁拒否が、2019年だけでも420回もあったという。安倍晋三氏がうわ言のように繰り返す「悪夢のような民主党政権」の時の、実に4倍だという。しかも、与党は200日以上も審議拒否していて、国会の論戦自体が極端に減少しているのだ。これでは悪夢どころか、意識すら失っているような状態ではないか。

都合の悪いことを聞かれた時に、よく「お答えを差し控えさせていただきます」と逃れることがあるが、毎日新聞のニュースサイトによると、答えるのを拒む時に単語の組み合わせはいくつかパターンがあるそうで、それらを組み合わせた言い逃れを重ねた結果がこの驚くべき無責任な状態を生んでいる。

なかなか追及を諦めない東京新聞の望月《もちづき》衣《い》塑《そ》子《こ》記者のような例外はいても、質問されて「その件については、お答えを差し控える」という呪文をなげかけられると、質問した記

妨害を
再開された
理由
というのは、
何なんでしょうか？

者がいとも簡単に追及しなくなることも不可解だ。「あ、だめなんだあ。答えてくれないのかあ……」と、まるで絶対の審判が下ったかのように他の記者や他の質問に移行することを、現場の報道関係者は何とも思わないのだろうか。

不祥事が表沙汰になるたびに、国民の疑問に対して「真摯に」「謙虚に」「丁寧に説明を」などと決意風のことを述べていた安倍氏だが、それとは全くの裏腹な状態を増長させていったのが現在の体たらくだ。何という不誠実か。

森達也《もりたつや》監督による映画『i―新聞記者ドキュメント―』（2019年11月公開）でも取り上げられているが、記者会見での菅義偉官房長官の、記者とその先にいる国民を愚弄《ぐろう》し切った対応はもう「名物」ですらある。だが、現象として面白がってはいられない罪深いことだ。特に、記者がまっとうに食い下がると、都合が悪くなれば部下には妨害はさせるわ、「あなたに答える場ではない」などとでたらめなことを言うわ、惨憺《さんたん》たるものだ。まさに「名物に美味《うま》いものなし」である。

国会における答弁も、この方式に倣っているのか、指令が出ているのか、与党ではこの答弁拒否病が感染蔓延して、パンデミック状態だ。国民の命と生活を守り、彼らの言うところの「吸い上げた」税金の使い道を決めるにおいて、公文書は廃棄し隠蔽し改竄する。これほどの反日的な行為を繰り返しながら、仕事をするフリをし続ける。

それを改めるためには、「疑惑船団」の安倍氏とその取り巻きが、政権から離れることが必須だ。しかし彼を降ろすためには、彼に近い、何らかの実権を持つ者がその意思を持たなければ無理だろう。そして、彼に近ければ近いほどその恩恵にあずかっているので確率は低い。

先進国面をしているが、まるでここは未開の国の有り様ではないか。フリではない、本当の愛国心はどこにいったのか。

私が以前、「悪夢のような民主党政権」になぞらえて「悪夢そのものの安倍政権」と書いたが、漫才師のおしどりマコさんは「リアル地獄の安倍政権」と表現している。いや、まさにその方向へ突き進んでいるとしか思えない状況だ。これからは私も「地獄の安倍政権」と呼ぶことにした。

おそらく、年が明ければ「桜を見る会」やその周辺の疑惑に関しては、与党関係者や御用コメンテーターたちは「もう終わったことだ」「いつまで桜疑惑をやっているのだ」と連呼し始めるだろうことは想像に難くない。森友学園の問題も、加計学園の問題でも、その方式が一見うまくいったように錯覚する「成功体験」があるからだ。しかし、国民はごまかされてはならない。

忘れずに、しつこく、究明し続ける根くらべが始まったのだ。

ローマ教皇「誠実な人になりなさい」

2019年12月1日

フランシスコ・ローマ教皇が来日した。つい最近まで、多くのマスコミは「法王」と言っていたのに、この来日をきっかけにしたかのごとく「教皇」に改めたようだ。ずっと、「法王」は仏教をイメージしてしまうので少なからず違和感を覚えていたが、ようやくすっきりした。

「最新鋭の強力な兵器を作りながら、なぜ平和について提案できるだろうか。差別と憎悪の演説で自分を正当化しながら、どうやって平和を語るのだろうか」「武力は膨大な出費を要し、連帯を推し進める企画や有益な作業が滞り、民の心を台なしにする」という素晴らしい問いかけを残した。

もちろん、このメッセージは、全くの正反対のことをやり続ける日本の為政者へ向けたものであることは疑いようがないだろう。しかし、その人物には全くもってぬかにくぎ、のれんに腕押しの状態だったようだ。世界で唯一核兵器の惨禍を経験しながらも、核兵器禁止条約にすら署名しない国の首相だが、なんと今回の来日で教皇と会談までしている。乱暴な言い方だが、「どの面下げて」という印象しかない。

そして「日本とバチカンは、平和・核なき世界の実現・貧困の撲滅・人権・環境などを重視するパートナー」と語った。「騙《かた》った」というべきか。

どの口がこれを言ったのだろう。よくこれだけ調子のいい驚愕のデタラメが言えたものだ。

いや、決して「日本」と「安倍晋三」はイコールではないので、最後にこう補足すれば、デタラメにはならない。「ですが、私は逆行させています」と。

教皇を相手に「パートナー」呼ばわりするのは不遜な印象も受ける。尊大な物言いには慣れっこになってはいるが、さらに驚いたのは、カトリック信者である麻生太郎財務大臣を「あなたと同じフランシスコの洗礼名を持っている」と紹介した。「セクハラという犯罪はない」と放言したり、公文書の改竄や隠蔽の責任も取らなかったりと、害毒しか振りまかない恥ずかしい人物と「名が同じ」と言ってはあまりに非礼ではないか。

しかし、自分の財産をすべて貧しい民に分け与えて、生涯弱い者とともにあったアッシジの聖人の名前が麻生氏に付けられているとは、これほどの皮肉も珍しい。

さらには、「桜を見る会」と同じく「有名人」と並ぶ写真は拡散したいようで、公式のツイッターで官邸スタッフが「本日、安倍総理はフランシスコ ローマ教皇を官邸にお迎えし、会談に臨みました」と写真付きで投稿した。そこでは、ローマ教皇のアカウントを併記するつもりで全く別人のアカウントを掲載してしまい、翌日削除して再投稿していた。間違いは誰にでもあるけれども、チェックや推敲《すいこう》はしないのか。どれほどの意識で投稿されたかを察する現象だろう。

ローマ教皇の来日でのスピーチやその他の発言は、安倍政権の姿勢とは正反対でぶつかるものだということは明白だが、それを踏まえて教皇の「どれほど複雑な状況であろうとも、自分の行動は公正で人間的であるように。言葉や行動が偽りや欺瞞《ぎまん》であることが多い現代において、特に必要とされる、誠実な人になりなさい」という言葉を振り返ると、安倍氏やその所業をかばうための隠蔽、改竄、嘘の上塗りを重ねる人々に、あまりにも「どんぴしゃり」の符合で、ただ恥ずかしくなるばかりだ。

日本でのカトリック信者は44万人というから、人口比0・3%だろうか。その国でこれだけの注目度だということは、被爆地からのローマ教皇のメッセージは世界からも注目されただろう。ついでに、それに対する政治家の大嘘すらも。

大臣たちの醜聞・失態・妄言

2019年11月3日

菅原一秀衆院議員が経済産業大臣に内定したという報道を月にした時、ああ、この組閣は「もうマスコミは制圧した、政権の傘下にある」という確信のもと、完全に国民を愚弄するつもりでの狼藉《ろうぜき》だろうと感じた。

菅原氏は以前、27歳の元愛人に「女は25歳以下がいい。25歳以上は女じゃない」「子供を産んだら女じゃない」「バカじゃないの」「親の教育が悪い」などと言ったことでモラハラ被害を受けたとして週刊文春誌上で告発をされたことがある。

彼は国会を休んで公費で愛人とハワイ旅行したとも報じられたり、秘書に給料の上納を要求したり、2017年の衆院選挙期間中に内閣府と契約のあった業者から献金を受けたり、以前話題になった「保育園落ちた」ブログ騒動の時の質疑で下劣なヤジを飛ばしたり、統一教会との関係が問題視されたり、自身の選挙公報の経歴に「早実野球部で甲子園に4

回出場」と書いていたが、実際は3回で、しかもベンチ入りもしていなかったことがバレたりと、そもそも閣僚に起用するにはあまりにもリスクの高い人物であることは素人目にも明らかだった。

関西電力の金品受領問題についても担当大臣として通り一ぺんの批判をしていたが、「どの口で」言っていたのか。

今回問題となり、大臣辞任に追い込まれた、関係者へのカニやメロンの贈答についても、以前から報道もされていたのに、安倍晋三総理の周辺はそのことに気付かなかったのだろうか。もしそうなら危機管理能力に欠けるし、知っていたなら、マスコミや世論を抑え込む自信があったから、ということになるだろう。

こういう不祥事があって閣僚が辞任するたびに、安倍氏は毎度「任命責任はあ、わたくしにあります」と神妙に述べるけれども、一切責任は取らない。もう、2桁近い閣僚らでこういう事態が起きているけれど、どこ吹く風だ。

さまざまな醜聞や失態が明るみに出ても、聞かれたことにまともに答えず、証拠の提出や説明は先送り、「ご飯論法」でのらりくらり、そういうことをやっているうちに、国民は飽き飽きとして、追及する気持ちも薄まってしまっているのだろう。

安倍夫妻の森友学園問題、安倍氏の加計学園問題、甘利明氏の都市再生機構（UR）口利き疑惑、世耕弘成《せこうひろしげ》氏の750万円献金疑惑（彼はかつて『週刊東洋経済』誌のインタビューで「フルスペックの人権を全て認めてほしいという考え方はいかがなものか。生活保護受給者は一定の権利を制限されるべきだ」と、信じられない差別的な発言もしている）、麻生太郎氏の、特定の地域は品が良くないという内容の発言、萩生田光一《はぎうだこういち》氏の「身の丈受験」発言、河野太郎《こうのたろう》氏の被災者に配慮を欠いた「私は雨男、防衛大臣に就任してから3回も台風が来た」という発言など、まともな品性の人々なのだろうか。そんなに台風を呼ぶなら、なぜ任命を受けるのだ。次が来ないうちに一刻も早く辞職してほしい。

これほど次から次へと劣悪な言動をする人々のことはテレビも「アリバイづくり程度」にわずかしか報じず、「想像を絶するだらしなさ」の芸人による申告漏れや、外国の法務大臣のことは、連日連夜、微に入り細をうがち追及し報道する。

この国の政治と報道はどうしてしまったのだろうか。政権に都合の悪い報道をしたテレビ局は電波の免許を停止すると脅した人物が総務大臣に返り咲いているが、その任命自体が持つメッセージは、「効果的」に響いているのだろう。

検察当局も強制捜査に乗り出すべきところではないのか。それとも、総理のお仲間には手を出せないのだろうか。掌握、もしくは去勢を施されてしまったのだろうか。

消費増税に潜む「配慮のふり」

2019年10月6日

上げなくてもいい消費税が、本当に上がってしまった。わかりきっていることだが、景気は確実に悪化する。

9月末には少々の駆け込み需要や、生活用品のまとめ買いでスーパーや薬局などは支払いに長蛇の列ができていた。1万円の買い物をしても節約できるのは200円程度だが、そのために時間と労力を費やして大騒ぎをしていた。

軽減税率などという、配慮したふりの混乱を招く煩雑なシステムまで抱き合わせて、小規模で商売をしている人たちにはさらなる金銭だけではない負担がのしかかる。税金だけではなく、時間と手間も要求されてしまうのだ。

コンビニエンスストアやその他の商店で、買った物をその場で食べられる飲食スペースを設置しているところは、客にその都度申告させるように決めたり、イートインスペースを使用禁止にしたり、ややこしくて仕方がない。食べる場所で同じ物の値段が変わるなどという愚策は、いずれ廃れてほしいと思いたいが、決めたことをやめられない症状は悪化するのみなのではないかと危惧する。

この2段階の税率を計算しやすくする機能を持っているレジスターを導入する費用も、助成金があるとはいえ品薄ですぐに導入できなかったりその余裕すらない状況だったりと、10月に入ってしまった後も混乱は続いている。

今回の増税分は幼児教育・保育の無償化に充てられるという。実際に保育園に通う子供のいる家庭は助かるだろうけれど、もっと困っているのは、保育園に入ることすらできていない幼児を育てている家庭なのに、そちらへは恩恵がない。

非課税の母子家庭も、無料だった保育料が、給食費を徴収されるようになった。家計の苦しい家庭では、子供にとって給食は頼みの綱だったはずが、冷酷な仕打ちを受けることになる。全世帯で無償化されるのは3歳以上なので、保育料が高い0歳児から2歳児まで(非課税世帯に限られる)の一番手がかかる時期の子供を抱えているところにはメリットがない。収入があって保育料を支払っていた人たち(所得が高い家庭ほど保育料が高かったのが、逆に無償化になって、金持ちほど恩恵を受けることになる)は優遇され、低所得の家族は無償化でやっとしのいできたのが、逆に給食費で数千円、副食費を合わせると1万円程の負担増になるところもある。

　一番苦しいところへ目がいかず、アンバランスな「配慮のふり」にしかなっていないのではないか。こんな逆進性のあるインチキは是正されるべきだ。

　一番大事なのは、驚くほどの低賃金に設定されている保育士さんの待遇を改善することではないか。大切な命を預かる責任感、衛生や医療の知識、子供たちとのコミュニケーション能力、そして愛情。さまざまなスキルを兼ね備えた人はいっぱいいて、保育士の資格も持っているのに、活用したくても、あまりの待遇の悪さに諦めざるを得ないという人の割合がすこぶる多い。

　人材が不足しているのが根本の問題なのだから、そこが増えるように調整すべきなのに、そちらには気が回らないのか、わざとなのか、改善しようとしない。保育園に入れない、高等教育にも金がかかりすぎる、ならば子供を産むことを諦めようとなる、この流れが想像できない政治屋が目先の耳目を集める「やったフリ」でまた生き延びていく。

　少子高齢化対策は、実績を出すには時間がかかるので、次の選挙のことしか考えない人たちがまやかしのテクニックばかりにとらわれ、国が衰退していくのだ。

総理官邸で結婚会見の謎

2019年8月25日

テレビの報道・情報番組では、あおり運転の報道が執拗《しつよう》に、多くの時間を割いて繰り返し流された。テレビを見る時間の少ない私がこれほど何度も何度も「もういいよ」と思うほど見せられたのだから、相当の数だろう。危険運転は社会的に大きな問題ではあるけれど、今回の取り上げられ方はどう見ても容疑者たちのキャラクターの「動画映え」があったからに他ならない。

現時点では最も影響力のあるテレビという公共性が高く求められるメディアでは、本来報じていただかなくてはならない出来事や動きがわんさかあるにもかかわらず、水が低きに流れるごとく、下世話な好奇心と怒りをあおる情報ばかりが紹介される。

怒りをあおるなら、不正や隠蔽を繰り返す権力者にこそ向けられるそれを取り上げるべきだが、何かそちらは隠しておかなければならない、一応は報じるけれどできるだけ目立たないようにしておこう、という意図があるのかと思うほど消極的だ。

年金関連の情報も、選挙が終わってから時間がたって、ほとんど見なくなってしまったが、単に視聴率の取れる方法がわからないからそうなっているのだと感じる。

お祭り騒ぎに乗るのが嫌で今頃言わせてもらうことになるが、これも気になる。これといって実績が思い当たらないけれども男前で注目を集めがちな若手国会議員と元キャスターの女性が、なぜか総理官邸に赴いて、結婚報告と記者会見をやるという極めて違和感のあるニュースも、「皇室のおめでたか」というほどのバリューで長時間にわたって繰り返し報道された。

新婦が妊娠5カ月を過ぎた段階での発表というのは、参院議員選挙でこの印象操作カードを使ってしまわないように某方面からストップがかけられていたのだろうと推察する。そして、ある種の都合であの時期の「公開」ということにしたのだろう。そこに素直に乗ってしまうテレビメディアのおめでたさにもあきれるばかりだ。

この現象は、「次は彼だ」という印象操作で誘導して、10月に25%引き上げられる（今の8%から10%へと1・25倍上がるのだから、私はこう言うことにしている）消費税の悪影響が判明しない時期、そして東京オリンピック・パラリンピックに影響しない早めのタイミングで、11月あたりに改憲目的の解散総選挙が行われるのではないかという気がしてくる。

話は変わるが、テレビでは日本へやってきた外国人にその目的を問うて「日本はこんなに世界の心をつかんでいる」という満足感をかき立てる演出の番組や、日本製品がいかに素晴らしいかを外国に向けてドラマ性をあおって自慢する番組が最近の人気のようだ。同じ時間帯で別々のチャンネルで放送されていることもある。

貧困層の増加や富裕層との格差など深刻な問題も多く、少子高齢化が未来への不安を増大させていて、政治を含め、日本はかつてないほどにさまざまなことが劣化し、世界からの評価も凋落《ちょうらく》の一途をたどっていると感じることも多い昨今、日本人であることの誇りを少しでも感じさせようという反動がニーズとして存在するのではないだろうか。

個人の感想だけれども、この種の番組を見ていて、そこに何か自慰的な構造を見てしまう。

戦時中に「日本は善戦している」「戦場で勝利を収めている」という情報が流されていたことの延長線にあるような寒々しい感触も得てしまうのだ。

気になる政治家の言葉遣い

2019年8月18日

最近の新聞やテレビで見聞きする言葉遣いで、違和感を覚えるものをいくつか挙げてみようと思う。

「仮定の質問には答えられません」

これは、官房長官が会見の場でよく口にする逃げ口上だ。

いつも疑問に思うのだが、質問した記者はなぜ引き下がってしまうのだろうか。ここで食い下がると、自分も有名な女性記者のようにオミットされてしまうことを恐れているのだろうか。説明する責任がある権力の側がそういう安易な手段で逃げるのならば、逆に報道陣が結束してオミットし返せばいいのではないか。もちろん、記者たちの中には〝御用メディア〟の所属も少なからずいるので無理な話かもしれないが、あまりにも情けない。

仮定の話には答えられないというならば、「確実に決定してしまった事柄」か、「実際に起きてしまった過去の問題」についてしか答えないということになってしまうではないか。

そもそも仮定の話ができないというのは、実はその先にもくろんでいるスキームを隠しておかなければいけない事情があるのか、それともご本人に想像力そのものが欠落しているかのどちらかだろう。こんな人物が次期総理に一番近いというのだから途方に暮れてしまう。

「対案を出せ」

これは性質の悪いへりくつとして頻繁に使われている。適切でない企てを遂行したい勢力が、それに反対する側に対して「ならば」と持ち出す便利な言葉だ。今このタイミングでイシューにすべきではない問題でも、反対している側に「サボタージュする者」というレッテルを貼ることができる印象操作用語だ。

例えば、憲法を変えたいと望む国民が少数であるにもかかわらず、その憲法によって暴走を縛られている権力者の側が「変えたい、変えたい」と主張して、それに異を唱えるとこの言葉を叫び始める。これはすこぶる狡猾《こうかつ》な手法で、その罠《わな》とも言える土俵にうかうか乗ろうとするどっちつかずの野党の党首もいる。確信的なのか、そこつなのかは不明だが。

「その指摘はあたらない」

実は「そんなことはない」と言っているだけなのだが、単に否定するとその根拠を問われる流れが起きてしまう恐怖心からか、客観的事実を話しているような錯覚を与える表現になるのだ。単にワンクッションを置いているだけなのに、なぜかその理由を聞き返せないムードができてしまう。質問する側には、「どうあたっていないのか」「なぜ指摘が間違っているのか」を聞き返すというくらいの小さな努力はしてほしいものだ。まあ、聞き返しても、この回答の主なら「あたっていないからです」と答えるのが関の山だろうけれども。

「誤解を与えたのだとしたら撤回する」

謝罪を求められた時に使われる言葉だが、これぐらい不遜で尊大な詫びようもないのではないか。まるで世間が勝手に誤解したような口ぶりで、完全に相手のせいにしてしまっている。国民に読解力がないのが問題だ、とでも言いたげだ。

そもそも、政治家の言葉は失言を撤回すれば済むような軽いものなのか。政治家にとっての言葉というものは、武士にとっての刀のようなものだと思う。ひとたび抜く時には誰かを傷つけてしまう危険をはらんでいるものだという意識がないのだろうか。

「私の発言の一部だけが報道されて」

これも、同じ人物がよく使っている印象だ。

「一部だけが報道されて」と言うが、なぜ全部せねばならないのか。それほどありがたいお言葉を発信してくださっているというのか。政治家としての重さも、厳粛な意識も含羞《がんしゅう》もない御仁が、どの口でそれを言うのか。もちろんそんな価値はないのだけれど、全部報じられて困るのは自分の方だろう。

とある喫茶店での政治談義

2019年8月11日

野党第1党の枝野《えだの》幸男《ゆきお》（立憲民主党）代表は、参院選挙の結果を受けてなのか、それとも選挙前だと支持者が逃げる憂いがあるからこのタイミングで公表したのか、野田《のだ》佳彦《よしひこ》前総理らと連携する考えを示した。

政権についていた頃から、与野党の対立軸をぼやかし、腰砕けにし、骨なしにし続けてきた野田氏らと、この期に及んで何をどう連携すると言うのだろうか。現在の悪質な政権の、ある意味で生みの親といってもいい人たちと、一体何をしてくれる気なのか。

少しは何かのうねりが生まれるかと期待した瞬間もいくつかあったが、もう見限ろうと思っている今日この頃だ（あくまで個人の感想です）。

有名カレー店で取材会食するために東京・荻窪へ行った。カレーライターの飯塚《いいづか》敦《あつし》さんとの待ち合わせまで小1時間ほどあったので、駅前の喫茶店に入ってカウンター席でスケジュールの整理などをしていると、どやどやと3人連れが入ってきて、私の斜め後ろのテーブルについた。3人とも60代半ばか70歳目前という感じだ。彼らと私以外に客はいない。会話を聞くつもりはないのだけれど、無駄に大声なので嫌でも聞こえてしまう。

「さて、この度の参院選はどう評価する？」と田原総一朗《たはらそういちろう》的なノリで一人が他の二人に問う。

「盛り上がらなかったねー、何というの？　投票率っていうの？」

「野党はだらしない」

「そうそう、立憲はだめだ」

「いや、俺はれいわ（新選組）が許せない。身障者に銭をやるのはおかしい」

気の置けない仲なのだろうけれど、大声で悪びれもせずこういう話をし始める分別盛りをとっくに過ぎた人たち。

「しかしねえ、金持ちからと貧乏人からと、同じ割合で取る消費税は駄目だよなあ」

お、まともなことも言うのだ。

「公明党は改憲が言いにくいから加憲に逃げてる」

「自衛隊が可哀そうだよ、立場ちゃんと明記しねえと。国を守ってんだから」

「今だって海外に行けるってなったんだから、攻撃しちまえばいい」

「そうだよ、日本の国は自分で自分を守れるって見せてやれって言うんだ」

「マスコミは安倍に統制されてる」

どうも、週刊誌を読みかじり、テレビのコメンテーターが言っていることを断片的に覚えて、自らの分析であるかのように出しっこし合っているだけのようだ。

「そもそも韓国は反日だからね」

「しかし日本はダメだ。日本は革命を起こしたことがないからね」

起こしていないから、何がダメなのだろう。その次は続かない。

「◎◎の◎◎（ある党の代表）は性犯罪者だけど、身を切るってのは偉いね」

いや、それは問題発言ですよ。

「安倍は一貫しているよ」

「そういやオバマは銀座ですしも食わずにまくし立てたらしいな」

「あの店で35万円取られた会社員がいる」

これまたにわかには信じがたい話だが、何人分のお代なのだろう。

「日本人はさあ、正月に神社に行くが、その前の日は寺でさ、その何日か前にはクリスマスだって騒いでさ。だから信用されてない」うんぬん……。

間は抜けているが、だいたいこのような流れだった。いや、流れをなしてはいないけれど、とにかくどこかで聞きかじったプチ情報を思いつくままに披歴し合っているだけで、全体的に「つじつまが合わない大会」の様相だった。

人生の先輩方だが、あきれるばかり。さらに上の世代は、戦争の悲惨さや恐ろしさを嫌というほど味わっているのだろうけれど、この世代は違う感覚なのか。

恥ずかしげもなくこんな会話を家以外でする含羞のない「オロカシズム」が、この国では意外と幅をきかせているのかもしれない。そりゃあ安倍政権は安泰なはずだ。

「ポンプマッチ」の選挙報道

2019年8月4日

ほんの4カ月ほど前に生まれたばかりの党「れいわ新選組」が、大躍進といってもいい育ち方をしている。先頃行われた参院選挙で、大方の予想では「1議席取れればいい方だ」と言われていたが、3議席に手が届こうというところまでに伸び、比例代表では全体の4・55%を得票し、党首の山本《やまもと》太郎《たろう》氏には3議席目を与えることができなかったが、2議席を得たのは大した成績である。恐らく、山本氏の作戦が見事的中したのではないかと思う。

ワイドショーでは政治評論家が「本人が当選できなかったのは読みが甘かった」などと評しているが、その分析、解釈は的外れだろう。支持する人は、次の選挙では何としても彼を国会に送り込まねばならないという「鉄の意志」が生まれるだろうし、本人も衆議院でこそやりたいことが山ほどあるのではないか。そして、解散総選挙は、思いのほか早くやってくるかもしれない。

選挙に行かなかった人の
一覧表を
張り出したら
いい。

彼はこれから、党首としていろいろな場所に登場しては、「山本節」を炸裂《さくれつ》させていくことになる。その昔、「国会の爆弾男」などと二つ名を得ていた議員がいたが、参院議員であった時期の山本氏は、まさにそういう存在だったのではないか。それが今度は、政党要件を満たした党の代表だ。さまざまな討論や演説会など、発信の場を多く得ていくことになるだろう。

参院選挙期間中は、まるでこの国には選挙というものがないかのような雰囲気だったテレビ各局は、終わった途端、選挙中に各党・各候補が演説で訴える様子やその内容を伝え始めた。

多くは一流の大学を出て大マスコミに就職し、「ジャーナリスト」を名乗っている皆さんが、なぜこの状況に忸怩《じくじ》たる思いを抱かないのか不思議で仕方がない。「上」から「期間中は選挙の話題を避けるよう」に命令でもされているのか、それともただ視聴率を取るのが難しそうだから避けているのか。

投票が締め切られた瞬間から、各局は一斉に選挙期間中の状況を、怒濤《どとう》のように教えてくれる。地上波ではほとんど全局が同時に始めるので、視聴者の数も分散するだろう。一体何がしたいのだろうか。

各局は、選挙期間中にも各党や各候補者の様子や演説をどんどん流せばいいではないか。

公平うんぬん、平等うんぬんと言うなら、同じ時間、分量を流せばいいだけだし、そのための工夫や手間など大したストレスではないだろう。

テレビのスポットコマーシャルで頻繁に流されていた巨大与党の宣伝は莫大《ばくだい》な金がかけられていただろうが、それを許すならば、金を持っている党だけが宣伝が自由ということになってしまうではないか。片方でそんな構造を設けておいて、公正中立ぶるというのはちゃんちゃらおかしい。

選挙戦序盤には、総理大臣を持ち上げる「ある種」の雑誌の中づり広告が、JR山手線などあちらこちらの電車に張り巡らされた。ちょっと計算してみただけで、それほど売れているわけでもない雑誌にそんな広告費が払えるわけがないということがわかろうというものだが、一体資金の出所はどこなのか、ただただだいぶかしい。

金さえあれば、不公平な状況などルールの網をかいくぐっていくらでも作り出せるのに、テレビのニュースや情報番組では中立のふりをして、芸人のスキャンダルやタレント事務所の冠婚葬祭の話題に大きな時間が割かれている。ここは本当に先進国なのか。

そして、選挙が終わった途端に、キャスターも評論家も「この投票率の低さは問題ですねえ」の大合唱だ。自分たちがしらけさせ、忘れさせるような放送ばかりしておいて、その通りになったら嘆き始める。これではマッチポンプならぬ、「ポンプマッチ」ではないか。

白馬の王子様をいつまで待つのか

2019年7月14日

総理はですね、
総理はですね、
野党がですね、
野党がですね、

参院選挙がかまびすしい。それなのに、投票率は低迷するのかもしれない。

日々、仕事がきつい、休めない、収入が上がらない、働けど働けど我が暮らし楽にならず、と嘆いている人の数は、年々増えているようだ。

今の政権になってからというもの、金持ちと大企業を優先する政策や弱者への締め付けが横行し、厚生労働省の国民生活基礎調査によると生活が苦しいと答える人は6割にも達しようとしている。

ところが、選挙については無頓着もいいところで、「興味ない」「入れたい人がいない」「誰に入れればいいかわからない」という人がいまだにいる。本当に暗たんたる思いになる。

生活が苦しいのなら、制度や、用途の優先順位を改善してくれそうな人や集まりに投票すればいい。1度や2度、ひょっとすると3度、「アベノミクス」とやらに期待して投票をしてきたが、どうにも恩恵はないぞと感じれば別の勢力に期待すればいいし、「あれのおかげでうちは助かる」という人は今実権を握っている勢力に投票すればいい、単にそれだけのことだ。社会保障の財源がない、年金は先細る、と言いながら戦闘機は何兆円も出して買う方がいいという人は与党に入れるのだろうし、ちょっと待てよという人は別の人や党に入れればいい。

意思表示の機会を与えられているのに、それを使わずに文句を言う人の何と多いことか。

参院選挙は政権選択ではないので、政治がおかしいと思えば、「国民が叱っている」という意思表示をしてやればいいだけだ。いつも言うが「入れたい人がいない」という人たちは、結婚相手を選ぶような心境なのか。理想の相手を待ち続けていても、政治家などにと言うと失礼だが、そんなものを期待しても金輪際現れることはない。いつまで白馬に乗った王子様を待てば気が済むのか。

「私一人が投票に行っても変わらない」という人は、まず選挙が何であるかがおわかりではないのだろうからもう一度小学生をやりましょう。僅差で勝敗が決まることも少なくないし、そもそも自分が投票に行かないということは、単に得票が1票減るだけではなく、自分と反対の意見を持っている人の意思表示にバリューをつけてあげることにしかならない。

ましてや、今回は政権選択よりもある意味で大きな意味を持つ選挙かもしれない。この選挙が終わったら、現政権は日本国憲法を変えようとしている。この国が70年以上も戦争をせずにすんできた一つの背骨である憲法を「どう変えるか」を示さずに、トップの意向に無条件で従う議員を3分の2以上にしてしまうと、あっという間に発議され、桁違いに広告料の「軍資金」を持つ改憲したい人たちの思うがままにことが進んでしまいかねない。

今回の選挙は、強い者による「見下し嘲笑選挙」の様相だ。大きな政党がその議員や候補者に配布した、野党に対するネガティブキャンペーンの冊子はあまりにも愚劣だが、そういう現象自体も投票の参考にしていいのかもしれない。テレビの党首討論で、当の党首は「私はこんなもの知りません。いちいち見ていません」と言い逃れしつつ、内容に即して野党を批判していたのが不思議な現象だったが、そういう違和感も国民には伝わっているのだろうか。

話題が盛り上がっている新興の政党が大手のマスコミから一切無視されていることにも違和を感じるし、選挙区から出ているある政党の党首のポスターにはなぜか党名が記されていないということにも違和感を覚える。今回の選挙は、「世にも不可思議選挙」だ。

老後「2000万円」問題

2019年6月16日

百まで生きる前提で
計算したこと
あるか？
世間に著しい
不安や誤解を
与えている。
受理しない！

そもそも、「100年安心」とはうさん臭いスローガンだとは思っていたが、馬脚を現してしまったようだ。

麻生太郎副総理兼金融担当大臣が、夫婦の老後資金として公的年金以外に「30年間で2000万円が必要」という試算を盛り込んだ、金融庁の審議会に設置されたワーキンググループの報告書について、「政府のスタンスと異なる。正式な報告書として受け取れない」などと言い出した。この調査結果が「世間に著しい不安や誤解を与える」とも言っている。

専門家が集まって結論としてまとめたものを、政府のスタンスと違うからと拒否するのは不可解、というよりも「政府に都合の良い数字や調査結果しか受け取らない」というご都合主義的な判断の仕方は、それ自体が世間に著しい不安と不信を与えるばかりではないか。

この政権は、自分たちの立場とずれたものを認めないという姿勢はいろいろなところで露呈させているけれど、労働統計の捏造《ねつぞう》や改竄のような忖度《そんたく》がないと撤回させるというのだろうか。6月4日には「年金以外に2000万円用意しておけ」「年金を当てにしないで」的会見で「100歳まで生きることを前提で退職金を計算したことあるか?」「そういったものをきちんと考えておかんといかんのです」と得意げに語っていた麻生氏が、騒がれ始めて急にこの態度になったこと自体が、笑えないが滑稽である。

報告書の受け取り拒否は異例だが、これは選挙目当てでしかないことは明白だろう。選挙が済んだらホイホイと受け取るのかもしれない。「スタンスと異なる」と言っても、事実が変わるわけではない。そしてこの「年金以外に2000万円用意しておけ」という言い草は、庶民の頭に牢記《ろうき》された。選挙までの1、2カ月では払拭《ふっしょく》できないだろうし、十二分に批判を甘んじて受けるべきことには違いない。逆に、少しでも事実が知られることになって、国民にとってはけがの功名となるかもしれない。

この報告書には、年金の給付額が調整(もちろん低い方に)されていくことや、賃金や退職金の減額、景気の停滞など、政権にとって都合の悪いことが書かれている。「参議院選挙が近いというのに、何を出してくるのだ」と言わんばかりの対応だ。そんなに国民に対して、やっているフリ、できているふりをしてまっとうな議論を避けて八百長的な選挙をしたいのだろうか。あらゆる判断材料を提示して、正々堂々と野党その他と議論をすべきではないのか。

さて、その麻生氏の資金管理団体の政治資金収支報告書では、高級すし店や銀座の高級クラブなどへの支出が、2017年は2019万円となっている。国民の多くが「そんな金、ためられるかよ」と憤る額を、1年間に「会合」として大盤振る舞いしているという、時代劇も真っ青な現象だ。

報告書のことを立憲民主党の蓮舫参院議員に追及された途端、麻生氏は「報告書を冒頭しか読んでいない」と言い逃れしようとして、またもや彼の政治姿勢が浮き彫りになった。

話は変わるが、日系アメリカ人のミキ・デザキ監督の映画『主戦場』（2019年4月公開）はすこぶる面白かった。

従軍慰安婦問題を巡る論争を追いかけたドキュメンタリー作品だが、多くの「右派」インタビュイー（取材を受ける人）のコメントに対する監督の冷静な「ツッコミ」とも言える客観的な記録や現象の検証が、なかなかのセンスなのだ。ツッコまれた彼らは「だまされた」などと憤っているようだが、どういう趣旨であるかは念書をとって確認してもらっているという。もとより、彼らの論旨は全く改竄されていないのだ。ともあれ傑作で、東京新聞の望月衣塑子記者の著書を原案とした映画『新聞記者』（2019年6月公開）と合わせて、多くの人に見てもらいたい作品だ。

辞めさせられない前例「改」めよ

2019年5月26日

故郷の神戸で、久しぶりに落語をやることになり、出し物を何にしようか思案をしている。前年は三人会を「三人怪」と称して、講談、活弁、奇術で怪しい話をしたのだが、２０１９年は「三人改」と銘打ち、ナオユキさんの漫談と、桂吉坊《かつらきちぼう》さん、私とで落語を二席という構成になった。

「改める」というテーマ設定は、良い意味にも悪い意味にも捉えることができそうだ。今回は「令和」への改元にちなんでの、劇場の方の思いつきだった。正月を「新玉《あらたま》の年の春」ともいうが、これは「年が改まる」ということから来ているという説もある。芸人の襲名時には、「春風亭柳八《しゅんぷうていりゅうはち》改メ五代目春風亭柳好《りゅうこう》」などと披露目をする。これらの「改」は喜ばしい使い方だろう。

性質の悪い「改」の代表は、「改竄」や「改憲案」だろうか。もちろん、改竄は犯罪的ではあるが、改憲案も十分に恐ろしい。権力者を縛る憲法を、国民を縛るほうへシフトさせる案など、ただの退化であり「改悪」にすぎない。

関連して「改」めてほしいのは、政治家の暴言だ。この国の総理大臣や副総理、その子分たちの、このご時世なので何を言おうが責められない、責められたとしても批判しているふりのあまがみで済むと高をくくった、国民をなめきった発言の数々である。もちろん、失言とはいえ本心がこぼれ出てしまっているだけなので、「改」選時にはどんどん落選させて入れ替えたいものだが、小選挙区制になってからというもの指定席扱いで、よしんば高齢で引退しようとて、そのせがれやら娘やら婿やらが居座り続けるループ状態である。

最近も、不当に占拠されている領土を戦争で取り返す選択肢があるかのような暴言を吐いた愚か者がいた。いや、この原稿を書いている時点でも居座っている。一旦は形だけ発言を撤回して謝罪したが、除名された古巣の党の対処について難癖をつけ、「これで辞めたら前例を作ることになるので辞められなくなった」などというへりくつをこねている。

憲法順守義務を負う国会議員が、憲法違反であり国際法違反の行為を前提に一般国民に対して制止も聞かず暴言を吐き続けた（その言動後にも、禁じられている外出をしようとするなど問題行動を起こしていたという）のに、そんな公人の資質も常識も欠けた人物を、辞職すらさせられないという前例の方がよほど悪質ではないか。

そもそも、こういう人物が議員に当選してしまったことが最悪の（初めてではないが）前例ではないのか。本人が辞めないので任期中の給料は税金から払い続けるしかないのだろうけれど、当該の選挙区の有権者はこのことをしっかりと記憶して、来る機会にはしかるべき投票行動で罰するしかない。

野党は共同で辞職勧告決議案を提出したが、与党はそれに乗らなかった。もちろん乗れないだろう、これを辞職相当だと認めれば、自党に多くの類似辞職者を出さなければいけなくなり、ダメージが大きすぎるだろう。この愚かしい議員の過去からの言動を見ていると、「野党もどき」というか、政権の別動隊なのではないのかと疑いたくなることも多い。辞職を迫って自暴自棄であれこれ暴露されたら大変なことになるという懸念もあったのではないか。

そして、この出来事に酒が絡んでいるから、酒好きとしてはなお許しがたい。言い訳で酒のせいにするというのは卑怯だ。酒に酔うということは、本性を現すということで、上司に不満を抱えている者は「あんな部長、俺に言わせりゃ無能だ」となり、普段我慢している助平は酔うと女性を触りたがる。酒のせいにするのならば、「戦争するしかない」と常々思っていると白状するようなものではないか。

どんなご都合があったのか、当人はマスコミの追及から逃げ回っていたが、もし自身が望んでいるかもしれぬ「戦争」になってしまったら、彼は真っ先に逃げてしまうのだろう。そこだけ急に「改まる」はずがない。

「風刺の場に権力者」のおぞましさ

2019年4月28日

統一地方選後半戦の投票日前日に、衆院大阪12区補選の応援演説で大阪に入った安倍晋三氏が、大阪名物である大衆喜劇の劇場に行って、飛び入りを装って「経済に詳しい友達」として舞台に呼び出され、大阪で開かれる主要20カ国・地域（G20）首脳会議で貿易摩擦や地球温暖化への対策を「四角い仁鶴《にかく》が丸く収めまっせ」という惹句《じゃっく》になぞらえてひとしきりしゃべったのだという。

喜劇というものは、そもそも社会の形や権威を風刺して、庶民の留飲を下げるのが本道だろうと思っている。そんな場所に、もちろん抵抗されないことがわかっているからだろうけれども、ずかずか入り込んで、まるで「降臨してやっている」ような態度で浅薄なパフォーマンスを繰り広げるという、何ともおぞましく残念な光景だったろう。

誰も批判的な態度が取れない環境の中で、論理的な反論も質問もしてこない絶対安全地帯であると踏んでの行動だとは思うが、観客の皆さんも芸人たちも、随分とばかにされ見くびられたものである。

庶民の感じている圧迫感、閉塞感を、すこしでも解消する場であるはずの喜劇の場が、その原因を作り出している一人でもある人物によって汚されてしまったことは、幼い頃からこの舞台を見て育ってきたファンたちにとって、すこぶる屈辱的な出来事だ。

心理的に多くの人に支持されている芸能人などと並ぶことで好印象を与えるテクニックがあるが、桜を見る会やらで大勢の芸能人を呼んだり、メダルや賞を獲得した有名人にお祝いの電話やメッセージを送ったり（国際NGO「核兵器廃絶国際キャンペーン」がノーベル平和賞を受賞した時は除く）、経済や少子化、私たちの生活など、一切改善していないのに、そういうことに必死なのは、もう後がないところまできている表れなのかもしれない。

その劇場にも出演するベテランの芸人に聞いたのだが、「うちの劇場で今までいっぺんも見たことないような椅子が楽屋に用意されてた」とのこと。慌ててもてなさざるを得なかった現場の様子は想像に難くない。あくまでも「G20についてしゃべっただけの、広報の一環」という大義名分だろうが、これはどう見ても選挙運動ではないのか。そうではないというなら、時期を選ぶくらいの品性は持ち合わせてほしい。よほど、「李下《りか》に冠を正す」ことが好きなのだろう。

庶民の文化を壊したと取られてもおかしくない権力者の浅ましい振る舞いにはもうあきれるばかり。公職選挙法の隙間を確認してのことだろうけれども、倫理的に悪質だと思う。あるスポーツ新聞には、観客の反応は芳しくなく、すべっていたという内容が紹介されていたが、観客はまともな神経だったようで安心した。

観客は、めったに見られない実物の最高権力者を見て「得をした」と思ったのか、それとも何の芸もないおっさんを見せられて「損をした」と思ったのか、もちろんその両方がいるのだろうけれども、本当にみっともない話である。

芸人が政治について批判的に語ると、「芸人風情が政治の話なんかするな」と同調圧力が拡散されるが、そういう人たちはなぜ、政治が芸人の世界を侵犯することに文句を言わないのか。

そして、最も憂鬱なのが、このことに関して大手のメディアが批判的に伝えようとしていないことだ。公人として、権力者として、この行儀の悪さ、品性を、チクリとつく気概が、どこにも感じられない。こうやって、どんどん飼いならされていくのだろう。もう後戻りできなくなってから泣いても遅い。

新元号発表で支持率アップの怪

2019年4月14日

この国は、新しい元号「令和」が発表されて、政権の支持率が上がるという不思議の国だ。

こんなものが手柄になるなら毎年元号を変えればいい。一体、その人たちは何を評価したというのだろうか。ある調査では、10ポイント近くも跳ね上がっている。第一、政権が元号の選考に口出しするという、越権というか野暮《やぼ》というか、その差し出がましさのどこに支持率を上げる要素があるのかまったく理解不能だが、こんなことを言い出せばきりのないこの数年間ではある。

元号は伝統文化の一つであるとは思う。文化、伝統として尊ぶのであれば、古式ゆかしく命名すればいいと思うのだが、歴史に名を刻みたいのだろうか、とにかく自身の影響で何かを変えたかったのだろう。

出典が中国由来ではなく、初めて和書からの抽出で付けられたふうなことに胸を張る人々がいるが、それとて中国の書物からの孫引きになっているということには不思議と頓着しない。なぜここで伝統の形をゆがめてまで日本の書物から取った元号にこだわったのか、これまた不可解だ。

「レイワ」と音読みになっている時点で中国由来の印象は残るから、それほどこだわりたいのならば訓読みにしても良かったのではないか。そして、中国で作られた漢字ではなく、いっそのこと、日本で生まれた平仮名にすればいい。いや、平仮名とて漢字を崩してできたものだから中国由来だが、そこまで言えばきりがない。だが、『万葉集』から取ろうが『古事記』や『日本書紀』や『古今和歌集』から取ったとしても、そもそも元号の制度自体が中国に倣ったものではないか。

私たちの生活で、ちょっとした煩わしさをもたらすこの西暦と和暦の併用は、これから先も続いていくのだろうか。最近運転免許を更新した人によると、今までは「平成34年○月○日まで有効」などと表記されていたのが、西暦が加えられるようになったらしい。国際化する中で、旅行でやって来たり日本で暮らしたりしている外国人に、このドメスティックな文化を強要する必然は感じられない。さらなる外国人の労働力に頼らねばさまざまな産業の維持ができないといわれる状況の中で、これからもこの「和暦」なるものを公文書などでは使い続けるのだろうか。

よく話題に上るのが、この「令和」の発音アクセントだ。「こんぶ」「つばき」「たぬき」

のように最初の文字にアクセントを置いて発音するのか、「かつお」「さくら」「きつね」などと同じように平板で発音するのか。これはもちろん、前者なのだが、なんでも平板化する昨今では、後者の発音で話す人も多い。

4音の元号は、「安政」「大正」「平成」など、アクセント核のない平板で発音する（平板型）が、3音で読む元号は、「元和」「元治」「明治」など、最初の音にアクセントを置く（頭高型）。しかし、「昭和」だけは使われた期間が過去247の元号で一番長く、長くなじんだものは平板化する傾向があるので、結構な年配の人でも平たく発音する人が多い。

在りし日の立川談志《たてかわだんし》師匠と「昭和」のアクセントについて、小論争になったことがあったが、師匠は平板説を唱えておられた。しかし、話の中で何度も無意識に頭高型で発音しておられたのがおかしかった。

蛇足ながら、どこかのアナウンサー氏、元号を「248個目」と。「個」で数えることには違和感があるなあ。

姓が違うと絆が壊れる？

2019年3月31日

先祖が大切にしてきた
家族の一体性が
損なわれる恐れがある。

会社社長らが「夫婦は同じ姓を名乗る」と定める戸籍法が、「個人の尊重」や「法の下の平等」をうたう憲法に反すると訴えた裁判で、東京地裁が原告の主張を退けた。

今の日本では、結婚する時に、妻か夫どちらの家の姓を名乗るかを決めなければならず、ほとんどの場合、夫の姓を名乗ることになる。つまり、個人と個人の婚姻ではなく、夫の家に嫁に入ることを強いられる。法律上、直接強いているわけではないけれども、どちらにせよ結婚する時に二人のうちどちらかが姓の変更を強制されることは確かである。そうした時に、仕事や人間関係で不利益を被ったり尊厳を保てなかったりする人たちがいるのだが、そんなそれぞれの事情など知ったことか、という判決だ。

「夫婦を別姓にしろ」という話でもないのに、「愛する人とは同じ姓を名乗りたい」という珍妙な理由で反対だという人がいる。それなら同姓を選択すればいいだけのことだ。

「別の姓を名乗ると家族の一体感がなくなって家庭崩壊を招く」だの「同じ姓でないと絆が壊れる」だの、言っていることはほとんどオカルトに近い。姓が違うくらいで絆が壊れるならその家族はとっくに崩壊している。

自民党は昔から、この選択的夫婦別姓については消極的、というよりも反対論者が多く、多様化するライフスタイルや人生観に理解を示そうという気持ちは見えない。「女性は子供を産む機械」程度の認識しかない政治家の集まりなのだろうと想像はしているが、この議論を熱心にしている野党の意見に耳を貸そうともしない。「旧姓を使わせてやるからいいだろう」という態度である。

国民の多くがこの制度の導入に賛意を示している。以前は「結婚して夫の姓を名乗るのは当たり前じゃないの」という想像力の欠如としか思えない短絡的な意見が多かったが、いろいろな事情を抱えている人も、生き方を自分で選べるという道を広げることに抵抗しているのは、単なる「いけず」である。

「選択的」という語句をわざと使わずに誤解を助長させようとしてきた人も少なからずいる。何にでも、選択肢があるということは権利の拡大につながるが、なぜその邪魔をしたがるのか、皆目見当がつかない。

反対論者の中には、「日本は二千数百年にわたって家制度を基に同姓が続いてきた」と、中学生でもわかるような嘘をばらまいている。

国民のほとんどが姓を持たなかった時代は明治3年まで続いていたことも知らないとは噴飯だ。そして、さらに古い時代は貴族でも武士でも、人によっては別姓を名乗っていたことが知られている。源頼朝《みなもとのよりとも》の妻は北条政子《ほうじょうまさこ》、足利義政《あしかがよしまさ》の妻は日野富子《ひのとみこ》、細川忠興《ほそかわただおき》の妻は明智玉子《あけちたまこ》だ。「強制的夫婦同姓」という百数十年そこそこの因習に、何の伝統があるというのだ。

それも、一般人に姓を名乗ることを許可した明治政府は、その後30年近く、「結婚後も実家の姓を名乗るよう」に指導していた。その後明治31年に民法で規定ができてから同姓にさせられたのだから、古さを尊ぶならここでも別姓ではないか。

ところで、日本人が外国人と結婚する時には同姓と別姓のどちらでも選べることになっている。なぜ日本人同士の時だけ強制的に一つの姓を名乗らなければならないのか、明確に答えてもらいたいものだ。

ノーベル平和賞にトランプ氏推薦？

2019年2月24日

米軍普天間飛行場（沖縄県宜《ぎ》野《の》湾《わん》市）の名護市辺野古への移設を巡る2月24日の県民投票について、事前の世論調査が行われた。共同通信社による調査では、辺野古埋め立ての賛否を問う県民投票に「行く」と答えた人（94・0％）のうち、投票で「反対」を選ぶと答えた人は67・6％にのぼり、「賛成」の15・8％と「どちらでもない」の13・1％を足してもダブルスコアを超える差をつけている。

県民投票では、5つの自治体の長が抵抗した末に、「どちらでもない」という余計な選択肢を増やすことで折り合いがついて、全市町村での実施となった。そもそも「どちらでもない」という人は投票に行かないか、白票にするだろう。なぜこのような無意味な選択肢を設けたのかといえば、それこそ県民のはっきりとした意思を表明することが目的であるはずなのに、単なる世論調査のような骨抜きを行う意図があったとしか思えない。そして、「どちらでもない」という回答と賛成を足して、「明確な反対票はそれほど多くない」という印象操作を行うつもりだったのだろう。

この重要な意思表示の機会を水の泡にさせないためにも、できるだけ多くの県民が投票所へ足を運ぶ必要がある。94％の人が「投票に行く」と答えてはいるが、実際には下がるだろう。もし投票率が低ければ「行かなかった人たちは反対ではないかもしれない」という骨抜き第2弾が待ち構えている。この世論調査で安心をしてはならない。県民投票の結果は、賛成19・1％、反対72・15％、どちらでもないが8・75％。投票率は52・48％だった。

話は変わるが、安倍晋三総理大臣が、アメリカのトランプ大統領をノーベル平和賞に推薦したという。いやいや、これはあまりにも質の悪い冗談ではないのか。

核兵器の全廃には消極的、イラン核合意からも離脱、メキシコ国境には無謀な壁の建設を主張、アメリカ国内でも分断に拍車をかけ、在イスラエル大使館をエルサレムに移転して中東に新たなもめ事を起こすような人物にどうやって平和の要素を見つけることができるのか。あと先のことを考えず、やみくもにさまざまな対立をあおり続けている暴君を平和賞に推薦するというのは、あまりにも筋が悪すぎる。日本を恥さらしにするつもりなのか。

衆議院の予算委員会で、野党議員にこのことをただされた本人は、またぞろ「いつものように」はぐらかしを試みた。「ノーベル委員会は推薦者と被推薦者を50年間は明らかにしない」と言い逃れようとした。総理大臣はノーベル委員会なのか。自分が推薦したら推薦したと言えばいい。そして、「事実ではない、と申し上げているのではない」とも言っている。このあからさまなはぐらかしが、後ろめたい気持ちを顕著に表しているではないか。

そして、トランプ氏から頼まれたようなことも明らかになった。これほど無理のある注文でも、国会で賛否を諮らなくてもいいからと言いなりになるというのは、恥も外聞もない振る舞いではないか。このことを非難された本人は、質問した野党議員に「あなたたちも政権を取りたいなら唯一の同盟国の大統領に敬意を払うべきだ」という、これまたお得意の詭弁《きべん》で逃げようとする。それならば、同盟の深化・強化のために無関係のノーベル平和賞に推薦したというのか。もう訳がわからない。

民主党政権時代を「悪夢のような」となじった安倍氏にとっては、今のようなでたらめ放題ができなかった悔しさが骨身に染みているのだろう。国民にとっては、今が「悪夢」そのものだ。

「平成」誕生の公文書公開延期

2019年1月27日

巷《ちまた》では、「新元号は何になるのか」と持ちきりである。いや、誰かが情報を持っているわけではないので、持ちきりというほどでもないかもしれないが、とにかく多くの人が気になっているようだ。

昭和天皇が崩御し、次の元号が「平成」であると当時の小《お》渕《ぶち》恵《けい》三《ぞう》官房長官が額装された新元号の書を示して発表した時の厳粛というか、改まったような感覚は訪れるのだろうか。そういう意味での小渕氏の雰囲気というのはなかなかに適任だったのではないか。不誠実の権化のような現在の官房長官にはその厳かな役は任せたくないというのが私個人の感覚だが、これは致し方がない。

さて、昭和の元号がそろそろ終わるであろうと予測されていた頃、次の元号を予想するのは不謹慎であると感じた人も多いし、昭和天皇がご病気のさなかに取り沙汰することもはばかられたが、マスコミ各社はさまざまな現場で寄ると触るとその話が出ていた。

「（元号は）何になると思う？」とある大阪の放送局でディレクターから突然水を向けられた私は、とっさに何かを返さねばと思ったのか、まるっきりのでたらめで「朝日でしょうか」と答えたのだが、「訓読みなわけないやろ」と一蹴された。もちろん、当てる気などさらさらないのだから、その一蹴すら意味を成さない。

それから数日後、東京のラジオ局でスタッフが「次の元号、朝日って説があるよ」と話していてたいそう驚いた。あまりの情報のなさに、こんなデタラメすら独り歩きをして拡散されてしまうのか、それとも単なる偶然なのか。

崩御ののち、「平成」という元号が発表され、「内平らかに外成る」という『史記』五帝本紀の言葉が元になったという話も情報番組で伝えられた。中国の書物や故事から元号がつけられるという話は聞いたことがあるが、そういう歴史的な素養のない私がいくら予想しようとしてもできるはずもない。

よく話題に上るのが、アルファベットで表記した時にM（明治）、T（大正）、S（昭和）、H（平成）で始まるものは混乱を避けるために採用されないのではないかということ。これは現代ならではの発想だろう。そして、私の無根拠な予想のもう一つの要素は、発音した時に3拍のものになるのではないかということだ。「文久」「元治」「慶応」「明治」「大正」「昭和」「平成」と、4拍と3拍が交互に来ている。「平成」は4拍なので、次は3拍ではないかという無意味な予想だ。

加えて、私の被害妄想的なざれ言として、今回は「安」の字を含めた元号にしようとする忖度なりご意向なりがあるのではないかと思っている。「安政」「安永」など、これまでの247の元号のうち、17回も使われているので「無理やりではない」感じも出しやすい。「安武」などという案が出るのではないかと気が気ではない。単なる杞憂《きゆう》に終わればよいのだが。

「平成」に改められた際、その経緯を記した記録が、内閣府によって公開の対象となる時期を大きく延期されていた。本来ならば、2019年1月が公表の時期であるにもかかわらず、改元を担当していた内閣官房から内閣府に文書が移管されたことで、「作成、取得した時から30年」という公文書管理法を、内閣府が取得した2014年を起点とするよう都合よく解釈を変えて、44年以降に修正してしまったのだ。

こんなインチキなことが許されるなら、公表したくない文書を期限直前にどんどん移管してしまえばいいことになってしまうではないか。公文書の内容は、政府に所有権があるわけではない。国民の知的財産なのである。

改憲CMに反対する「9条球場」CM

2019年1月20日

通信販売のカタログハウスという会社がある。『通販生活』のテレビコマーシャルで知る人も多いだろう。今では当たり前になったこの業態では老舗中の老舗だ。この会社が、2019年の元日、インターネットの動画投稿サイト「ユーチューブ」に、「9条球場」と題した映像を発表した。わずか50秒の動画で、スマートフォンやコンピューターで題名を入力して検索すれば容易に見ることができる。

日本民間放送連盟は、憲法改定への賛否を訴えるテレビCMの量を規制しないという方針を持っているが、その対応に疑問を呈する意見広告の映像だ。

ネットの時代だと騒がれてはいるものの、まだまだテレビの持つ影響力は桁違いに大きい。改憲の発議で国会議員の3分の2が賛成すると、憲法を守ろうという意思を持った国民の最後の頼みの綱は国民投票しか残されない。

意見広告では、野球のバッターボックスに立つ「GOKEN」チームの選手が、審判に「おかしいでしょう、不公平だよ！」と訴えるが、主審は耳を貸さず「プレーボール！」と試合を開始させてしまう。バッターが指摘したのは、ピッチャーの後ろのグラウンドを埋め尽くす何百人、ひょっとすると何千人かもしれないが、おびただしい「KAIKEN」チームの野手たちのことだ。

ナレーションが「改憲賛成側は、お金持ちの大政党や大企業がついているので、たくさんのCMが流されて……」と語る中、くだんのバッターがいい当たりのヒットを打つのだが、「KAIKEN」チームの野手の群れはさながら砂鉄のようにボールに集まり、そのうちの1人がたやすく捕球して「アーウトッ！」の声が響く。続いて画面に「憲法改正の国民投票がこんな不公平な試合にならないか心配です」の文字。そして「国民投票のテレビCMはイギリスやフランスのように『有料CM禁止』が公平だと思います」とコメントが映し出される。

経営者がこのような意見広告を作りたいという意思を持っていたとしても、権力側が憲法を変えたがっている状況の今、それでなくともお友達優遇を臆面もなく続ける政権ににらまれ、会社や業界に何らかの冷遇措置が取られるのではとひるんでしまう会社は多いのではないか。この映像製作は、本気で国民のことを思っているからこその英断なのだろう。

余談だが、その後ろの電光掲示板の文字もしゃれていて、「GOKEN」チームは「大塚」「矢島」「本田」「関根」「松尾」「田部井」「竹井」「釜池」「平野」などの珍名というわけではないがさほど多くもない姓のナインで、「ＫＡＩＫＥＮ」チームは「鈴木」「佐藤」「高橋」「田中」「伊藤」「山本」「渡辺」「中村」といった「全国的に大勢いる名前」が並んでいる。

憲法のことなど考えたこともないような人も含め、この国全体に蔓延している閉塞感にうんざりしている人の中には、「何でも変えればいい」という発想に陥る人も多いだろう。そんな時に、莫大な資金力を持つ政党や団体、企業が連日大量のテレビＣＭで改憲への賛成をあおり続ければどういうことになるか背筋が寒くなる。

安倍政権は、社会保障費など弱者に対する支援の予算は削り、無用の長物である高額な武器兵器を言い値で買いあさっているが、これでどういう人や集団が喜ぶのか想像に難くない。改憲で平和憲法が破壊されたり毀損《きそん》されたりするようなことになれば、その利権に群がる人たちはさらに潤うことになるのだろう。

つまりは、その「周辺」の企業や団体の資金提供で、護憲のＰＲ広告などを桁違いにしのぐ大量の改憲賛成ＣＭが流され、ある割合の国民は洗脳に近いような状態に陥ってしまう可能性もある。

タイトルは「きゅうじょう」のしゃれだが、国民にとってはしゃれにならない窮状だ。

「財源がない」のに兵器爆買い？

2018年12月9日

日常の気分転換で、スマートフォンのアプリケーションを使ってゲームをしていると、頼みもしない動画が始まり、別の、射撃やら戦闘やら殺し合いやらのゲームの宣伝を見せられることが多い。こういう表現を毎日毎日見せられていると、何か生命の尊厳に対する感覚が次第にまひしてしまうのではないかという不安を感じてしまう。

戦争狂よりも平和ぼけを選択したい私の感覚で言えば、アメリカの銃社会は完全に異常だし、国が抱える病理だと強く思う。免許があろうとなかろうと、大人であろうと子供であろうと容易に銃に手が届く環境が、おびただしい不幸を量産し続けているけれど、それでも「安全は武装で充実する」と妄信する人がアメリカには多くいる。

以前は銃規制に理解を示していたトランプ大統領も、大統領選の時に全米ライフル協会から日本円にして30億円もの献金を受けて、銃規制反対に変節した。増え続ける銃乱射事件で命を落とす多くの人々は、その引き換えに犠牲となっているという考えも否定できないだろう。

なぜ、人は関係改善や友好の構築を惜しみ、武装し攻撃力を持つことで安全になると錯覚するのだろうか。危険な状態が起きる瞬間は防衛できるだろうが、その衝突で相手に与えたダメージは、必ず時間差で増幅して自らに向かってくるという想像力がない。第一、敵対しなければ、その危険すらなくなる。

「北朝鮮が脅威である」といったような口実が使いにくくなっている現在も、なぜか安倍政権は武器や兵器をアメリカから爆買いし続けている。というよりも、その大盤振る舞いはエスカレートしているようだ。

防衛省は、国内のいわゆる防衛企業62社に対して、2019年度に納品される武器の購入代金支払いの2~4年延期を頼んだという。目の玉が飛び出るような高額のアメリカ製兵器の輸入を拡大しまくったせいで、「後年度負担」とされる兵器ローンの支払いが大幅に増えてしまい、国内の防衛企業に返済の猶予を求める事態になってしまったのだ。

医療費の窓口負担は3割に上げ、介護保険料は引き上げ、生活保護費は減額され、年金の受給年齢は引き延ばす。教育やひとり親家庭、育児などに関わる社会保障の話では「財源がない」と冷酷な対応しかしないのに、武器やら戦闘機を買う時には銭に糸目をつけない。安倍晋三氏がポケットマネーで買うのなら、まだ「危ないオモチャはやめなさいよ」

というだけの話だが、少子高齢化で国の形自体を大きく変えなければならない瀬戸際の局面で、その対策は外国人を安くこき使う道筋をつけるのみで、災害時に役立つ設備の拡充ではなく、なぜか戦闘機や兵器を増やして、国民の生活や権利を守る方向には削減ばかりという、関西弁で言えば「まるっきりスカタン」な状態なのだ。消費税は上がっていくが、その使い道として約束されていたはずの社会保障が改善されているとは到底思えない。

そんな状況の中で、トランプ氏は「日本は35戦闘機を100機購入してくれる」と喜んでいる。しかし、日本政府は「そういう事実はない」と食い違っている。あれほど「完全に一致」「100％共にある」と強調する相手の国が違うことを言っているのに、なぜ抗議の一つもしないのだろうか。

ついこの間まで、「北朝鮮は国民の多くが飢えているというのにミサイルばかりつくって飛ばして、何を考えているんだろうねえ」などとあざ笑っていたけれども、今の日本はそれと五十歩百歩の状態になりつつあるではないか。巨額の武器購入は、国民の間に貧困を招く。このことは逆に日本を危険にさらしてしまうことにつながる。

軍拡をすれば、おのずと双方がエスカレートする。どこが仮想敵であろうと国民を不幸にする確率を高めていることは明白だ。

第3章

日本人が知らない「ニッポン」

「美白」意識からそろそろ転換を

2020年7月5日

色鉛筆やクレヨンから「はだ色」の文字が消えてどれくらいたつだろうか。メーカーによってはこの表現を続けているところがあるのかもしれないが、このまま死語になっていくのだろうと思う。

日本は昔から単一民族の国ではないけれど、少なくとも「はだ」という言葉で想起する「色」は、誰しもがほぼ同じだったのだろう。

人種を肌の色で赤・白・黒・黄などと分けるようになって長い時がたっているのだろうが、21世紀が始まってから20年近くがたつ現在も、「先進国」と呼ばれる国々ですら、いまだに有色人種差別が大きな社会問題になっている。

幾度となく繰り返されてきたデモや、それに便乗した暴動が、新型コロナウイルス感染が拡大し続けるアメリカでも頻発している。きっかけとなった痛ましい事件は、ここだけは21世紀らしく映像に記録され世界中に拡散した。

普段から、白人への優遇、黒人への蔑視や現実問題としての権限の制約など、鬱憤はたまりにたまっていたのであろうことは想像に難くない。短期間に大きなエネルギーとなって過激な意思表示になって類焼してしまった。

差別的な事どもに対する批判を多くの市民が積極的に発信し、大企業も行動を起こさざるを得なくなったようで、ある会社は白くなることを売りにする美容関連商品の製造を取りやめたり、「美白」やそれに類する表現を使わないようにしたりすることにした。「白い肌が良い」という単一の理想を設定しているので好ましくないそうだ。私はずっと「美白」という言葉に違和感を抱いていたので、この動きは歓迎している。どの人種の肌も美しいものは美しいという多様性を尊ぶ価値観が浸透することを強く望む。

ディズニーランドのアトラクション「スプラッシュ・マウンテン」の設定を変更するというニュースも話題になっている。私はこの施設の題材がどこからきているのか気にしたことがなかったのだが、ディズニー作品が人種差別の観点で批判を受けた最初の作品で、今は上映、放映、DVDなどの販売もされておらず、私は作品自体の存在も知らなかった。有名な『ダンボ』や『ポカホンタス』など、人種の描き方でさまざまな批判を受けているが、人種問題をそれほど日常的に意識していないと、気づかず見過ごしてしまうことも多いのかもしれない。影響力の強いブランドだけに、時代背景や設定によって表現を考える必要性は更に強くなりそうだ。

ワシントンを本拠地とするアメリカンフットボールチーム「ワシントン・レッドスキンズ」について、バウザー市長は名称変更が必要との考えを示した。「レッドスキン」という表現に差別的なニュアンスが含まれているそうだが、長年のファンは複雑な心境だろう。

そして、またもやのトランプ米大統領である。民主党の支持者と小競り合いをした白人至上主義者が「ホワイトパワー」というスローガンを連呼するツイッターの動画に、「素晴らしい人たち、ありがとう。何もしない過激な左翼の民主党は、秋には落ちぶれる」とコメントを添えてリツイートしてしまった。

近づく大統領選挙を控えて、現時点で旗色の悪い彼は、岩盤支持層である白人至上主義者たちに向けてアピールしようとしたのだろうけれど、自らイメージアップに利用してきた、共和党の上院議員で唯一黒人のティム・スコット氏に「削除すべきだ」とCNNで批判され、渋々削除した。

大統領報道担当官は「大統領は動画の声を聞いていない」と、極端かつ無理やりな言い訳をしたそうだが、そんなことがあり得るのか。聞いていないのに「素晴らしい」と持ち上げたのなら、すっとこどっこいにも程がある。

真夜中に小学生を追い返した児相

2020年2月23日

児童相談所というところは、0歳から17歳までの子供たちの問題に対処する公的機関だが、神戸市中央区東川崎町の神戸市こども家庭センターという児童相談所で当直業務に当たっていた職員が、午前3時過ぎに助けを求めてやって来た小学6年生の女子児童に対し、インターホン越しに「警察に相談しなさい」と言って追い返してしまった。

このスタッフはどういう了見でそんなことをしたのだろうか。まさに児相の業務範囲だと思うが、真夜中にたたき起こされて迷惑だったのだろうか。子供が自ら児童相談所に赴くというのは、よほど困ってのことだろうし、ある種の勇気も必要なことだ。そのハードルをなんとか越えて助けを求めてきた子供に、面談すらせずインターホンの画面だけを見て、「緊急性がないと判断した」のだと言う。

真夜中に小学生が相談に来る時点で、これは緊急ではないのか。素人考えでも、こんな時間に警察を探して一人で歩かせるということ自体、非常識なことではないのか。その過程で、女児が何かの犯罪に巻き込まれるようなことがあったらどうするつもりだったのだろう。

緊急性がないかどうか、インターホン越しで判断するというのも、粗くずさんな対応ではないか。真夜中の子供に、何が見て取れれば緊急として扱ってもらえるのか。アザだらけ、傷だらけであれば「緊急」と判断されるのか。服が引き裂かれ、裸足で訪ねて来ればその対象になるのだろうか。もっとも、インターホンでは足元は見えないだろうけれども。

このセンターのマニュアルでは、夜間などに来訪や通報があれば、センターの係長に連絡、相談して対応することになっているが、このスタッフは、女児を保護した生田警察署から連絡があるまで、報告を怠っていたという。「インターホン越しで比較的年齢が高そうに見えた。発言からも緊急性が感じられなかった」と自分の主観を言い訳にしているが、これで子供たちを守れると思っているのだろうか。まさか、子供たちを守る使命感より、「給料さえもらえればいい」という気持ちが先立っていたわけではないだろう。

夜間・休日などの対応を委託しているNPO法人「社会還元センターグループわ」（神戸市北区）の職員だそうだが、今までどれだけの子供の問題に関わってきたのだろうか。子供たちを守る目的の法人の構成員だというのに、こんな感覚しか持ち合わせていなかったのか。

虐待や育児放棄などで、痛ましい事件が度々起こり、その都度、問題の対応に従事する人たちは、胸を痛め、そして限られた状況の中で努力し続けておられることだろうと思うが、子供たちを取り巻く環境は、過酷な方向へ向かっているようにも思えてしまう。先進国面をしていても、7人に1人の子供が貧困にあえぎ、そこからまた多くの虐待も生まれている。命に関わる仕事をしている意識を、すべての関係者で共有していただきたい。

2020年2月公開の『子どもたちをよろしく』（隅田靖《すみだやすし》監督）という映画を、衆議院議員会館で行われた試写で見た。元文部科学省の寺脇研《てらわきけん》さんと前川喜平《まえかわきへい》さんの共同企画で、ストーリーはオリジナルだが、そこに起きている事象はまさに現実で、子供たちの苦悩と慟哭《どうこく》がリアルに描かれている。

スクリーンから、今実際に起きている子供たちの問題がまざまざと提示され、私たちが社会で果たしていくべき物事の優先順位のおかしさを突きつけられる。子供たちに関わるすべての人に見てほしい作品だ。

映画産業、かの国となぜこうも違うのか

2020年2月16日

日本の文化は疲れる。
夢をかなえるのは
難しい。

アメリカのアカデミー賞で、韓国映画が気を吐いた。『パラサイト　半地下の家族』（2019年12月、日本公開）が、監督賞、作品賞、脚本賞、国際長編映画賞の計4部門を制し、外国語映画として作品賞に輝くのはアカデミー賞の歴史始まって以来の快挙となった。プロデューサーのクァク・シネ氏は、作品賞を受賞した初めての非白人女性だということも話題になった。投票権者の基準を改正したことも影響していると分析する向きもあるが、それがアジアの作品だということは、日本人にとっても喜ばしいことかもしれない。

スタッフは、報酬や就労時間などを明記した「勤労標準契約書」を交わして、保険にも入り、内容を順守して撮影が行われたという。聞くところによると、絵コンテが詳細に描かれていて、何をすべきかの情報共有ができて時間の浪費を防いだり、炎天下の日は子供のシーンを翌月にずらしたり、セクハラについての講習を受けたりするなど、勤労意欲を

維持できる態勢で臨まれたとか。韓国の文在寅《ムンジェイン》政権が週52時間労働という規定を作ったので、映画界にもそれで良い影響が出ているのだという。

ポン・ジュノ監督は、前の朴槿恵《パククネ》政権、その前の李明博《イミョンバク》政権下で、「排除されるべき文化人」のブラックリストに載っていた人でもある。そんな作家が作り上げた作品が世界から絶賛されるという痛快な状況になったわけだ。まあ、政治権力に寄り添った映画監督などが存在したら逆に気持ち悪いだけだが。

ネット上では、「アカデミー賞は反日だ」と訳のわからない難癖をつけたり、「韓国併合時代の日本の手柄」とお門違いの解釈をしたりする珍妙な者まで現れている。単に韓国へのやっかみがひっともない形で出ているとしか思えない現象だ。「嫉妬」という感情のエネルギーは「平和利用」すれば、尊敬や切磋琢磨《せっさたくま》に変換できるのだが。

しかし、なぜ韓国にできて日本にできないのだろう。まるでブラックな現場で、賃金は劣悪、契約など交わしたことがない、やる気も時間も奪われ、「芸術を創造している」という意識も共有できない、という状態が多くなってはいないか。何でもマーケティングリサーチや、ひも付きのビジネス集団のパワーバランスで、内容やキャスティングが決められていないか。ベテラン俳優がオーディションを受けて重要な役柄を勝ち取った、などという話もほとんど聞かない。

以前に行われたポン監督と日本の是枝裕和《これえだひろかず》監督との対談で、韓国では興行収入の4分の

1がクリエーターに還元されるが、日本の場合はそれは限りなく0に近いという話が出ていた。私の知人で、豪華スターが多数出演する作品を多く世に問うている有名な監督（私より年上）がいるが、最近まで一間の古アパートに住んでいた。収入がすべてではないが、こんな状態では次回作のシナリオハンティングの交通費も捻出できないのではないか。

花形の監督でさえこれでは、映画の世界を目指そうという人材が集まらなくなってしまう。なぜ人口が日本の半分以下の5100万人、映画館のチケット代も半額ほどの韓国で、映画界全体の市場が同規模になり、産業の隆盛が起きているのか。

日本映画のクリエーティブの現場で、長い目で見て、どのような手法や手続きが効果を生むのか、弊害は何であるか、何を参考にすべきか。その辺りを地道に検証して改善、実践していくしかないだろう。お隣の国はそれをやった成果がはっきりと出ている。

『パラサイト』のスタッフが、70～80人ほどで撮った記念写真を見た。皆そろって若く、年配のスタッフがほとんどいない。かの国の映画産業は、まだまだ盛り上がり続けるのだろう、という予感しかない。

「幸福な国」と政治家のレベル

2020年1月19日

私にとって
人間は常に
平等です。
どんな意見を
持っているかは
問題ではありません。
これがすべての基礎です。

ラジオ番組『トーキング ウィズ 松尾堂』（NHK―FM）の2月2日放送予定分の取材で、東京都港区のフィンランド大使館を訪問した。

広報担当で『フィンランド人はなぜ午後4時に仕事が終わるのか』の著者でもある堀内《ほりうち》都喜子《ときこ》さんの案内で、私とともに司会を務めるタレントの加藤紀子《かとうのりこ》さん、ゲストの小林聡美《こばやしさとみ》さんと一緒に、大使館内部に設置されているフィンランド式のサウナを体験させていただいたり、名物のお菓子とコーヒーでもてなしていただいたりと、快適な時間を過ごすことができた。

フィンランドは面積が日本より少し小さく、人口は550万人ほどで、大国ではないけれども、幸福度ランキングで2年連続して世界1位に輝いている（2020年3月発表の結果、3年連続）。出産間近の家庭には、赤ちゃんの着るものや寝具、必需品などが国から支給されるサービスもあり、社会全体が子宝を歓迎している様子が見える。

日本の消費税に例えられる付加価値税の税率は日本よりも高いけれども、税金の使われ方について透明性が高く、国民の生活に直結した効果が出ているので、国民の間に納税に対する不満が小さいのだという。日本のように、総理大臣の公金私物化が問題になってその検証のために資料の公開を要請されても、なぜか早々と「遅滞なく」廃棄してしまっているような国では、いくら税率が下がっても不満は募るだろう。


この国の首相は、34歳の女性である。就任時には世界最年少だった。貧困家庭で生まれ、父親はアルコール依存症になり、両親は離婚して、母親が女性のパートナーとともに彼女を育て上げた。いわゆるレインボーファミリーだ。

フィンランドでは、貧困や苦学の経験から政治家を志す人も多いらしく、家業を継ぐように地盤と看板と資金を世襲する議員がわんさかといる日本とは、これまた大きな違いである。国会議員の半数近くと、19人いる閣僚中12人が女性で、連立を組む五つの政党の党首も全て女性だという。

一方、日本の副総理である財務大臣は、数々の差別的な発言や的外れな失言の枚挙にいとまがないが、またしても「2000年にわたって、一つの民族、一つの王朝が続いている国はここしかない」と勘違い、認識違いも甚だしい失言を垂れた。同じ日には別の場所でも「同じ言語で」と付け足して同様の発言をしている。天皇家が2000年続いているという史実も神話の中にしか存在しないが、2019年にアイヌを先住民族と明記したアイヌ民族支援法が成立したことを知らないのなら、その時点で完全に議員失格だろう。この人はすでに議員を2桁ほどの回数辞めていないとおかしいほどの暴言を繰り返しているが、メディアの報道が大きく取り上げることがなさそうなので、またもやうやむやにされるだろう。

日照時間も影響しているのだろうけれど、仕事と心身の健康の優先順位が日本とはまた逆のようで、多くのフィンランド人は午後4時に仕事を終え、趣味や社会活動、学習、リラックスに時間を費やす。何ともゆとりのある時間の使い方だ。リフレッシュしたり、自分を成長させたり、他者のために役に立ったり、ただぼんやりしたり。これで1人あたりの国内総生産（GDP）が日本の1・25倍だという。

また日本に目を転ずれば、「過労死」という日本語が世界の共通語になるほど過酷な労働条件がまだまだ存在し、2017年にも23歳の現場監督が新国立競技場建設で、残業が月に過労死ラインと言われる80時間の倍以上の190時間という異常な環境の中、「身も心も限界な私はこのような結果しか思い浮かびませんでした」と書き残して自殺をするという痛ましい事件があった。

幸福な国に、ほんの少しでも近づけないものだろうか。

「日本手酌の会」会長

2019年11月24日

宴会が目白押しの季節がやってくる。酒好きの私としてはうれしいシーズンではあるけれど、大勢で飲む時には、少しばかりおっくうなこともある。

いつも言うのだが、酒をつぎ合う風習が、どうにも煩わしい。

普段から、「日本手酌の会」会長を自任している私だが、宴会の初めで、あいさつ代わりに「ささ、まずは」とつぐのはまだ許容している。しかし、宴会も転がり始めて、人の杯の酒があらかた減ったところで、すかさず「まあまあまあまあ」と言いながらとっくりを差し向けてくる人が、少しばかり苦手だ。そして、そういう人は往々にして間が悪い。何が「まあまあまあまあ」なのかよくわからないが、このセリフを言う人は多い。

これは何かをしたり、言ったりしている人をなだめる時に使う表現だと思うのだが、私はおとなしく刺し身を食べようとしているだけなのに、そう言われるのは心外なのだ。私に刺し身を食わせたくないのだろうか。実際にそう思いたくなる時もある。ざっかけない居酒屋で菜箸をもらうのもやぼなので、じか箸で、下の刺し身に触れないように細心の注意を払いながら、1枚だけ刺し身を慎重に取る。小皿の上でワサビを適量乗せて、刺し身しょうゆをつけて、さあ口へ運ぼうかと言う刹那《せつな》、「まあまあ」がやってくるのだ。

そういう場合、私はにっこり笑いつつ、「ありがとうございます」とは言うけれど、刺し身を置くことはしないし、手早く口に放り込むということもせず、落ち着いてゆっくりと口中に運んでじっくりかみしめ、「ああ、うまい」という表情を浮かべつつ、刺し身をのみ込み、ちょこは持ち上げるけれども差し出さず、残った酒を完全に飲み干す。ぬるいところへ熱かんを足されるのが嫌いだからだ。そして、改めて相手の前へ出して、ようやく「おっとっと」と受ける。

その間、相手を膝立ちの前かがみで待たせて申し訳ないのだが、「二度とつぎたくない」と思ってもらえれば本望なのだ。

鍋料理のおいしい季節でもある。宴会が鍋のしつらえの時に、私が懸念するのは、鍋奉行ならぬ「鍋家来」だ。もちろんそんな言葉はないけれど、私は心の中でそう呼んでいる。誰に頼まれたわけでもないのに、私の前に置かれているとんすいを強奪して、鍋の中の具材を、主役の肉や魚と野菜、シイタケなどのバランスを考えるふりをして、頭数で分けていく忖度行為だ。

鍋料理の醍醐味《だいごみ》は、「好きな具材を好きなタイミングで取ることができる」という、わかり切ったことだ。にもかかわらず、私からその楽しみの機会を奪うだけではなく、こちらの食べたいタイミングでもないので、冷めたり伸びたりした具材を、まずい思いをしながら片付けることにもなってしまうのだ。

鍋に近いものが、手の届かない人のリクエストでやるならばまだ我慢もする。しかし、大抵別のテーブルから気を使っているフリをしながら、人の間から身をよじるようにして不安定な体勢で作業をするものだから、だしが飛んだり、具材を選びきれなかったり、前のめりの体勢のまま鍋の中に倒れこむのではと不安にさせたり、迷惑極まりない。

だから、私は親切に鍋を取り分けようという人が現れたら、「やめてください」とやや声を荒らげて言うことにしている。「いいですよ」「結構です」「大丈夫ですから」などという生易しい言い方では、「まあまあまあ」と言ってやめてくれないからだ。

協調性がないなあ、とお感じになる方もおられるかもしれないが、「うまいものをおいしくいただく」ことを最優先にして何がいけないのかと思う。改めませんよ。

芸術に政治を持ち込むな、ですか？

2019年9月1日

名古屋の、とあるバーに初めて入った。イタリアオペラが流れていて、テレビモニターには映画『ブレードランナー』が流れている。棚にはたくさんの小ぶりなウイスキーの樽《たる》が並んでいて、瓶からそこへ移し替えたウイスキーを、独自に数カ月「熟成」させ、ボルドーワイン用のグラスで出しているという。そして、一滴一滴加水しながら、味と香りの変化を楽しんでほしいのだという。

おそらくは、目利きであり物見高いということがご自慢の店主のようだ。芸術についても一家言持っている様子で、「アニメとかマンガは芸術ではない」というご高説が始まった。ああいうものは、芸術とは一線を画した状態であってほしいという。

私は、アニメーションやマンガは純然たる芸術であると思っているし、国際的にも認められていると思っているのだが、彼は自身が「本物志向」であることを信じたいようで、そのための状況として、マンガやアニメを芸術と認めるわけにはいかないのかもしれない。「鳥獣戯画や浮世絵はどうですか」と問うと、「それはまた別で」という。世界最古のマンガとも言われている戯《ざ》れ絵や、至って通俗的でキッチュな楽しみ方をされていた浮世絵が、陶器の緩衝材として海外に流出し、価値の逆輸入で認められるようになってステータスが確立されたといってもいい版画群は、どの時点から芸術になったのだろう。

そんな話をしていると、ご当地だから頻繁に話題に上っているであろう、国際芸術祭「あいちトリエンナーレ２０１９」の企画展「表現の不自由展・その後」についても自説が展開された。「芸術に政治を持ち込むな」という。

あらゆるジャンルで、芸術には政治や思想が反映されているし、そのこと自体が制作や創作の動機になっているのは当然のことだと思うのだが、なぜか彼は芸術と政治は無関係でいてほしいらしい。

最近、有名ミュージシャンが現政権に批判的なことを発信すると、「音楽に政治を持ち込むな」と一見正論のような難癖をつける人がいるが、それは「レストランに空腹を持ち込むな」という注文と同じくらいナンセンスなことだ。

彼らは、芸術というものを当たり障りのない、快適で均整の取れた表現の集合体であってほしいと願っているのかもしれない。もちろん、そういう表現や手法は芸術において重要な要素ではあるけれど、それは美しいものを表現したいというほんの一要素にすぎない。芸術の本質は、もっと人間の内部や底辺から湧き上がる情念や欲求のたまものであり、衝動こそが命なのだと思う。

見る人をすがすがしくさせたい、笑わせたい、劣情をかき立てたい、自己顕示欲を充足させたい、ざわざわさせたい、癒やしたい、問題提起をしたいなど、あらゆることが芸術の動機であるべきだと思う。しかしながら、「キレイね」「ステキね」「売れるね」とばかり言ってもらえるものでなければ芸術でないと思っている人が、世の中にあふれているのは嘆かわしい限りだ。

くだんの店主は、論理が行き詰まってきたのか、突然こんなことを言い出した。「皆にわかってほしいからといって激しい表現をするのは、テロリストと同じですよ」と。

芸術は、平和のために作家が内在するエネルギーで作品を作り出して、共通言語を持たないもの同士であっても互いを尊重し合うイマジネーションを発揮させてくれるものだが、この人物は暴力で人の命を奪うことと芸術表現を同列視している。

私には、ここまで偏ってしまった人を説得する余剰エネルギーも時間も残されていないので、即座に会計を済ませて退店、道端で大いに深呼吸をしたのだった。

ハイヒールが必要な業務って？

2019年6月23日

あらゆる性被害の告発や、その発生防止を啓蒙《けいもう》する「#MeToo」の運動になぞらえた、「#KuToo」という運動がある。

さまざまな仕事の現場で、女性に対してのみ要求されるパンプスやヒールの着用義務について、足や腰のトラブルを生みやすいので、履くことを強制されることへの抵抗として広がってきている。

#KuTooは、「靴・苦痛」の語呂合わせにハッシュタグをつけた造語で、俳優の石川優実《いしかわゆみ》さんらが署名活動を展開している。しかし、この動きについて問われた根本匠《ねもとたくみ》厚生労働大臣は「社会通念に照らして業務上必要かつ相当な範囲」での着用義務を容認するような国会答弁をした。

ハイヒールが必要な業務とは何か、具体的に教えてほしいものだ。

以前、テレビの2時間ドラマの撮影で、女装して殺人を犯す役柄としてヒールのある靴を履いたことがあるが、何というアクロバティックな履物だろうと思った。「オシャレは我慢からよ」と言うけれど、それを組織で「上」から強要されるのは確かに理不尽なことだ。

仕事で履く場合は、大抵の場合、長時間に及ぶだろう。少しずつ慣れるものかもしれないけれど、長い間履いていれば、かかとが高く全体重がつま先にかかっているのだから、そこに向かっておりてくる重圧は、外反母趾《ぼし》など足の変形も招いてしまう。重心も不安定で、捻挫を起こしたり転倒したり、ヒールの先端が側溝や下水道の蓋《ふた》のスリットにはまって抜けなくなってしまったりするなど、さまざまなアクシデントの危険性が高くなる。椎《つい》間板《かんばん》ヘルニアや、骨格のゆがみなどによる妊娠機能低下まで招きかねないという。厚労大臣が妊娠の邪魔に加担してどうするのか。

ヒールの履物は、偏ってストレスがかかるので傷みやすく、その分出費もかさむだろう。しかし、寡聞にして「会社からヒール手当が支給される」という話は聞いたことがない。

男性はクールビズなどでネクタイを着用しないことについて寛容な雰囲気が浸透してきたが、女性の権利改善に関しては消極的な「お偉いさん」が多いことに驚かされる。

この運動に関して、ある地方新聞の記者が、「譲れない7㎝」と題したコラムで、「むしろ職場で気合を入れてくれる存在だ。男女平等の名の下に、何でもフラットにすればいいわけじゃない」と書いていた。それはそうだろう、何でもフラットにしろなどとは誰も言っていない。自分がヒールを履きたければ履けばいいのだ。要は「履きたい靴を履けない」ということが問題なのに、社会部の記者らしいが、#ＫｕＴｏｏが何であるのかを理解しておらず的外れではないか。

そもそも、ハイヒールという不思議な履物はいつ生まれたのだろう。一説には、紀元前の時代にアテネで遊女が履いていたという話もある。同業者より目立つため身長を高く見せようとして履いたのだろうか。15世紀にイタリアやスペインで、貴族や高級娼婦《しょうふ》の間で流行ったともいう。

その後、街中の汚物を踏まないように履いたとか、ルイ14世が背伸びがわりに履いたなど、解釈によってはさまざまな人々がさまざまな場所で履いていたわけだし、女性だけのものでもなかったらしい。ところが、戦場では機能的でない（大笑い）ので、男性は履かなくなってしまい、女性だけのものとして定着したという。

組織としてどうしても女性にヒールを強要したいのならば、少なくとも日本では、（今のところ）戦争に行くことはないので、男女ともに、社員も、社長も会長も、全社をあげて履くように決めればいい。その時は、来客用ハイヒールも完備しておくべきだ。

なぜか広まるカツラの噂

2019年6月2日

私の古い友人に、山本浩之《やまもとひろゆき》さんというフリーアナウンサーがいる。アナウンス技術も話術もユーモアのセンスも人格も素晴らしい人で、京阪神など近畿地方では知らぬ者のない人気者である。自身の頭髪が少ないということを他の出演者（主にお笑い芸人）にからかわれると、ギャグとして成立させながらも、視聴者に不快感を与えないようにさらりと処理をするさじ加減も絶妙だ。

実は昔、彼はカツラを着けていた。関西テレビの社員アナウンサーだった1998年、生放送中にカツラを装着していることをカミングアウトし、頭から外して見せて大きな話題となった。それまでも、放送中や収録中にずれたり乱れたり、カツラが気になって集中できなかったりといろいろストレスを感じていたらしく、その思い切りの良い行動は多くの人に支持されている。

「あの人、ヅラ着けてるらしいよ」

なぜか、こういう話はその良しあしとは関係なく人々の興味を引くようで、美容整形の過去、宗教、性的な特徴などとともに噂が広まりやすい。私も若い頃は、公私の場を問わず、話の題材にしていたこともある。

なぜ人はそれを面白がるのだろうか。抗がん剤治療をしている人が副作用で頭髪が抜け落ちるのでウイッグを着用する場合があるが、これは誰も面白がることはない。しかし、他人から見てシリアスな状況でない場合には話題になりやすい。考えてみれば、ここにユーモラスな要素が湧いてしまうのは、当人が「隠したい」と思っているかどうかなのではないだろうか。

頭頂部の髪が薄くなった人が、残った左右の頭髪をすだれのように頭頂部をまたいで反対側に敷くようにしている、いわゆる「バーコード」スタイルも、あるいは湾岸戦争の時に解説で大活躍した軍事評論家氏の独特のベレー帽のような頭髪も、評論家といえば一九分けの竹村健一《たけむらけんいち》氏も、面白い要素として語られることが多かった。

外国の俳優は、役柄のイメージ作りで装着している人は多い。『007』シリーズで主人公のジェームズ・ボンドを演じたショーン・コネリー氏も、撮影時はカツラだった。

日本で撮影が行われた時、その日の撮影カットを全て撮り終えた瞬間、スタッフややじ馬が大勢見守る中、彼は「ぺりっ」と爽やかにカツラを取り外した。あわてた日本の関係者が「みんな見てます！」と止めようとしたら、「なぜだい？　今まではボンドだったけど、今はもうショーン・コネリーだよ」と平然と言い放ったと、一緒にいた浜美枝《はまみえ》さんから聞いた。

ある関西のテーマパークを、出資しているアメリカの金融会社のトップが視察に来たことがあった。巨大なクリーチャーの間を進む冒険的アトラクションの最後で、船が急流を滑り降りる時に、風圧で彼のカツラがずれてしまった。名付けて「ヅラシック・パーク」である。降りて来た彼はしきりに皆がトイレへ誘うのをいぶかしみつつも、戻ってきた時には元通りになっていたので周りは胸をなでおろしたが、一般の客も同乗していたので、その瞬間を自動的に撮影して販売されるはずの写真サービスは「カメラの不具合」ということになったそうだ。

日本の有名なキャスターもしょっちゅう取り沙汰されているが、彼は隠し立てをしていない。講演の時に学生からそのことを質問された彼は、「カツラを着けていますよ。人前に出る仕事だから見た目を整えています」とあっさりと答えていたそうだ。時代劇に出る人がちょんまげのカツラを着けるのと同じようなことなのだ。しかし、「暴れん坊将軍はカツラだ」と話題になることはない。

日本人も知らない日本文化

2019年5月19日

いささか旧聞に属するが、先の大相撲大阪（春）場所千秋楽で、白鵬《はくほう》関が勝手に三本締めの音頭を取って、日本相撲協会から注意を受けた。違和感が残ったのは、すべての取組が終わって優勝が決まったからといって、興行が全て終わったわけではないのに、「締めてしまう」ことに不自然さを感じたからなのだろう。

この手締め、関西では手打ちということが多い。大阪締めという古風な手打ちもあって、古来伝わる祭りの終わりや、上方落語の節目の催しなどでは今でもよくみられる。「うーちましょ、ポン、ポン、もひとつせ、ポン、ポン、祝うて3度、ポンポン、ポン」というものだ。一説には「うーちましょ」と「うちまーしょ」があり、それぞれが女締めと男締めであるという決まりもあると聞いたことがある。白鵬も、大阪場所なのだから大阪締めをやったら観客へのサービスとして「まだ」許されたかもしれないなどと思った。

本来、手締めは主催者がやるべきもので、例えば宴会などで年長者だからといって来賓が音頭を取ることがあるけれど、それは差し出がましいことで、遠慮するのが筋だろう。

せっかちな江戸っ子は一本締めで済ませることも多い。本来「いよーっ、ポポポン、ポポポン、ポポポン、ポン」を3回やるところを、1度しかやらないで終えるものだが、最近の宴会の締めでは、「それでは2次会の時間も迫ってますので、ここは一本締めで。いよーっ、ポン！」とやる人がいる。これは「一丁締め」であって間違いだ。一本締めと言われたので「ポポポン……」と続けそうになって、「ほらー、一本って言ったじゃん」と皆から笑われる人がいるが、その人の方が正しいのだ。

「一つ目上がり」という、人さし指どうし、中指を加えて、薬指も添えて、小指も足して、最後は親指もそろえて、音が次第に大きくなって終わる五本締めもある。「それでは〇〇〇〇の前途を祈念いたしまして、だんだんよくなる法華の太鼓、お手を拝借、いよーっ」と三三三一拍子を5本やるのだが、始まりが静かなので締まらないことが多い。

この「いよーっ」というのは、単なる掛け声ではなく、大阪締めの「祝うて」が転訛《てんか》したものだということも聞いたことがある。古い大阪の手打ちが、江戸で洗練されて勢いを増した結果なのかもしれない。

時代劇を見ていて違和感を覚えるのが、設定が江戸時代なのに、大勢が集まって何かに対して拍手をする場面だ。日本人が喜んだり褒めたりする時に拍手をするようになったのは、どうも明治時代の中頃のようで、神社を参拝する時などのかしわ手はあったが、例えば芝居小屋では音を立てなかった。その代わりに「音羽屋！」など屋号を言って褒めるしきたりがあるのだろう。もちろんさらに古い伝統を持つ能狂言も拍手はしない。近年拍手をする客が増えて、少しばかり困る演者もいるそうだ。

余談を一つ。昔、赤塚不二夫《あかつかふじお》さんの紫綬褒章受章記念パーティーの司会をしていた時、歓談中に立川談志師匠が困ったような顔で近づいてきた。「盛大な拍手をどうぞなんて催促するのは、テメエがいかに司会が下手かを白状するようなもんだ。拍手したくなるような司会をしろ」と。それまで何の疑いもなく催促しまくっていた私は目からうろこ、というよりも巨大な何かが落ちた気がした。拍手は感情が動いた時にするものだが、それを客に要求するのは確かにお門違いだった。

それ以来20年間、私は一度も「拍手をどうぞ」と口にしていないが、はたして司会はうまくなっているのだろうか。

「関係者」「事情通」本当に存在するの？

2019年5月5日

２０１９年５月に東京・新宿の紀伊國屋ホールで「きっちゅ亭」と銘打った、ちょっと珍しい演芸会を催した。出演は、最近『笑点』で異様な存在感を放って話題になった漫談のナオユキさん、浪曲の若手男性で最も気を吐いている玉川太福《たまがわだいふく》さん（曲師は玉川みね子さん）、最近は大河ドラマ『いだてん』に出演したり、映画『カツベン！』（２０１９年12月公開）で演技指導したりしている活動写真弁士の坂本頼光《さかもとらいこう》さん、そして会のコーディネーターも兼ねて雑芸の松尾貴史という珍なる取り合わせ。さまざまな「立って演じる話芸」を一度にご覧いただける希少な会になった。

中でも活弁士の坂本さんは、邦画洋画問わず、無声映画の弁士も達者になさるが、自身で絵も描いて脚本も書いてアニメーション作品を制作して生で声を当てるという名人芸なのだ。今、この方の「株」は買い時だろう。

話は変わるが、声を当てる話を。テレビのニュース番組や社会情報番組を見ていると、明らかに視聴者をばかにしているのではないかと思うような演出がある。わかりやすく工夫することは大切だが、本当に必要なのかどうか疑わしいものもある。

例えば、政治家や事件の関係者の発言を取り上げる時、「そろそろお、解散風が吹き始めたねえ……」「萩生田君、ありゃあ、上から言わされているよねえ」など、イメージ映像に重ねる形で、いわゆる「アテレコ」風にセリフを乗せていることがよくある。VTR内で普通に字幕とナレーションで処理すればいいものを、芝居っ気たっぷりに大げさな抑揚をつけて、おそらくナレーターに声優のまねごとをやらせる演出だ。

それがリアルに感じるのならまだいいが、そういうことはない。ほとんどの場合、すこぶる下手くそな役作りで、セリフを読ませるのだ。

実際にそういう声質で、そういう口調でしゃべったという情報があるわけではなく、余計な先入観を与えたり、印象操作になったりしかねない表現になっていることもある。多くの人が知っている有名人の場合ですら、似ても似つかない声色なのだ。

もう一つ、素朴な疑問を。いわゆる紙媒体の記事で、「『彼は俳優の中でも人一倍正義感が強い』（芸能関係者）」、「『彼女の酒癖の悪さは有名ですからね』（芸能プロダクション関係者）」というように、主に芸能関連の記事に証言者としてよく登場する「芸能関係者」「音楽関係者」「事情通」「芸能事務所マネジャー」という肩書の人物たちは、存在するのだろうか。記者の脳内に組み立てられたストーリーに沿って証言があったことにしてしまってはいないのだろうか。あえて匿名にしなければならないような内容ではないポジティブなコメントの時も、なぜ名前を伏せたがるのか。そのことで信憑《しんぴょう》性に疑問符がつくことが多い。

これも随分前から感じていたことだが、「政府高官」という表現もやめてほしい。なぜ、◎◎官房副長官とはっきり書かないのだろう。「オフレコね」とくぎを刺されたからだろうか。しかし、もうこれでは誰かを表明しているようなものなのに、そんな狭い範囲でぼかして何になるというのだろう。記者を相手に情報を漏らして、オフレコにできる関係性も気持ちが悪い。

「政府首脳」も腑《ふ》に落ちない。首脳といえば、もうほとんど官房長官だと断定できることが多いのではないか。その記者が誰から聞いたか判別できなかったというのならまだわかるが、そんな状況は起こりうるのか。

つまり、誰であるかを報じられて困るような話なら、最初からするな、ということだ。

個人情報を得意げにしゃべる人たち

2019年4月21日

以前、テレビのワイドショーで、スキャンダルが報じられた人物が通っていたレストランに、芸能リポーターが「突撃取材」のふりをして、もちろんあらかじめ取材を申し込んでいるのは店員がピンマイクを装着していることからも明らかなのだが、「こちらのお店に◎◎さんがよく来られていたという情報があるのですが」と訪問していた。店員も「ええ、□□さんとよくいらっしゃってますよ、だいたいいつもこちらの席で……」などと答えるのを見て、店は店でいい宣伝になるからと引き受けているのだろうけれども、私などは何度も訪れてくれている客の情報を、得意げにしゃべるスタッフのいるような店には絶対に行きたくないと、その逆効果を期待して見てしまう。

この店で
プロポーズしたんじゃないかって
言われて
いるんです、
ククか
そういう
事じゃないか
って思います、
まだわかりませんけどね……

昔、箱根の有名高級旅館の予約が取れたのでいそいそと出かけたら、部屋に案内してくれたベテランとおぼしき仲居さんが、「あら、芸能の方ですよね」というので、ええ、まあ、などと中途半端に返すと、待ってましたとばかりにしゃべり始めた。

「俳優の△△さんもよく来てくださるんですよ。ずっと前ですけど、女優の○○さんと来られたこともあります。その時、○○さんは布団も浴衣も散らかしっぱなしで。だらしない人でしたよ。最近は結婚なさった☆☆さんと来られますけど、彼女のほうはきちんとしてらっしゃって、浴衣もちゃんと畳んでいかれます」うんぬん。

私は閉口してしまった。この仲居さんはそれほどの悪気はないのだろうけれど、客商売というものはこれでいいと思い込んでいるのだろう。もしかすると、私に対するサービスの一環として解説してくれていたのかもしれない。しかし、こんなところに二度と来るものかと思うのが当然の反応ではないだろうか。

公務員、医師、弁護士などと違って法律的には守秘義務などないのかもしれないが、一般通念としてこの行儀の悪さはないだろう。誰かこの人にサービス業の教育をしてあげてもらえないだろうか。

10年前に現在の家に引っ越しをしたのだが、その時にはどれほどのグレードでどれほどの値段になるのか、複数の引っ越し業者に見積もりをお願いした。いわゆる「あいみつ（相見積もり）」である。

最初に相談した、おそらく日本で最も有名な業者の一つだと思うところは、サービス内容はしっかりしたものだったが、値段が高い割には、30年前に頼んだ時にすこぶる不誠実な仕事をされたので、懐疑的に話をさせてもらった。そしてもう一つの近年急成長した業者は、不安要素もあるが値段は段違いに安かった。価格が決め手でそこに決めようと思い始めたところで、担当者が言い出した。「芸人の▽▽さんの引っ越しも私が担当したんですよ、笹塚から港区へ引っ越されましてね、すごい豪邸でしたよ、家の中にらせん階段がありまして……」。

私が前者に即決したことは言うまでもない。

「オススメは？」「全部です」

2019年4月7日

飲食店でよく聞く言葉に、「オススメは？」というものがある。メニューから客がどの料理を注文しようかと迷った時に、つい口にしてしまいがちなセリフだ。「初めてなのでオススメがあったら教えてもらえますか……？」という遠慮がちなものから、「ここのオススメをちょうだい」と言いながらメニューを閉じてしまう人もいる。いやいや、それでは責任を店の従業員に丸投げしてプレッシャーをかけてしまう。人にものを推薦することには、多かれ少なかれ責任が生じるので、できれば自身のお好みを言うのが一番だと思うのだが。

オススメを聞かれたら、こなれたスタッフならば「全部です」と答えるだろうし、頑固オヤジの店なら「オススメできねえものを置くわけねえだろ」と一喝されてしまうかもしれない。聞く方も、そんなことは先刻ご承知であるのだろうけれど、なぜか口をついて出てしまうのだろう。

注文する時に、店に同行した人が「オススメはなんですか?」と聞いてしまった時は、店の人が答える前に私がすかさず「全部だと思いますよ」と口を挟むことが多い。おせっかいだけれど、先に「全部です」と答えられる前に言いたくなる衝動に駆られてしまうのだ。それはもう、クイズ番組の早押しボタンのように反応してしまう。

かく言う私も、旅先では似たような質問をしてしまうことがある。

「ここになかなか来る機会がないんですが、今日ようやく来ることができたので、これを食べておかないと、という献立があれば」とか、「どれが一番出ますか?」と持って回った言い回しをしてしまうのだが、結局は「オススメは?」と聞いているのと同じことだ。

もしその店のオススメがあるとすれば、すでにメニュー上に赤丸や星の印付きで「オススメ!」と表記されているのではないか。そして、店内の黒板や張り紙などに「店長のオススメ!」と掲げてあるかもしれない。

スタンダップコメディアンのナオユキさんの漫談に「店長のオススメって書いてあるけど、オススメしてるのは店長だけかもわからへん。他のスタッフは反対してるかもわからへん」というものがあって大いに共感するのだが、店があえて「オススメ」と書いている場合は、魚などの食材が古くなりかけているので早く売ってしまいたい場合もあるだろう。日本酒でも、開栓して時間がたっていて早く一升瓶を空にしたいので「オススメ」しているのかもしれない。

私も人に「東京・下北沢でカレー店をやっています」と言うと、その場で「オススメは何ですか」と聞かれることが多い。私は気が小さいので「全部です」と言える時が限られているが、「おそらくどれでもお楽しみいただけると思います。もし菜食主義でしたら、動物性のものを一切使っていない野菜カレーもあります」などとずらして答えてしまう。本当なら、一番高いカツカレー、と言いたいところなのだけれど。

公衆電話を知らない子供たち

2019年3月17日

テレビのニュースで、「公衆電話を知らない」「公衆電話を使ったことがない」という子供の割合が高いことを報じていた。ある調査では、小学生の8割以上がそう答えていたという。

考えてみれば、私たちの生きている時代の通信手段は恐ろしいほどに目まぐるしく変化してきた。明治時代に郵便制度が始まる前といえば、のろし、ほら貝、太鼓、幟《のぼり》や旗、手紙を人が運ぶという原始的なものしかなかったろう。電話というものが発明された以降も、大半の一般家庭に普及するのはそれこそ私が生まれた後だ。

子供の頃は大家さんの家から電話がかかってきた知らせを受けて飛んでいくという、いわゆる「呼び出し電話」だった。今では完全に死語だろう。職場や自宅、近い親戚やよく使う飲食店など、日常使う電話番号のほとんどは暗記できていたものだ。

電話をかける時には丸いダイヤルの穴に指を挿し入れて回す。遠くにかける時は交換台を通す。そういう時代が終わり、国際電話も簡単にかけられる。ダイヤルのパルスではなく音の高さで信号を送るトーン式が主流になった。

黒電話を置いているところは懐古趣向だ。そもそも、「電話をかける」と言う人が少なくなり、「電話する」と言うようになった。

ポケットベルが普及して連絡がつきやすくなった半面、「犬笛のようだ」と忌避する人もあり、その流れで携帯電話を持たない人も少なからずいた。自動車電話もステータスとなり、高級車でこれ見よがしに受話器を耳に当てて運転している野暮な人も見かけた。

インターネットのような情報のやりとりができるｉモードというものが現れ、日本は独自の「ガラパゴス化」が進む。そしてｉＰｈｏｎｅが登場して他社も追随、スマートフォンが爆発的に普及し、最近では街中で大声で独り言をしゃべっている奇妙な人がいて、驚いて振り返るとイヤホンを使用して手ぶらの通話をしている、という場面に遭遇するようになった。

電車の中では本や新聞を読む人が完全に少数派となり、みんなかまぼこ板のようなものを凝視するようになった。「かまぼこ板」を知らない小学生も多いやもしれない。いい大人が街でスマホを見ながら歩いていてぶつかりそうになることもしばしば、「歩きスマホ」という社会問題にまでなっている。

私たちの他に、これほどの劇的な変化を短い期間に体験している世代というものは、歴史上存在しないのではないか。

みんなが懐やバッグに通信機器を持ち歩くので、公衆電話を使用することは、何かのトラブルやアクシデントが起きた時だけになってしまった。駅などの公共施設には、棚やスペースなどの痕跡だけが残っていることが多い。

しかし、東日本大震災の時はその使用量が10倍に跳ね上がったとも言われている。緊急事態に使われることも多い。公衆電話の電気の供給は通常の電源とは別に確保されているので、災害時などにも強い。子供たちには、公衆電話の使い方や、緊急電話は硬貨を入れなくてもかけられることなどを教えてほしい。

電話会社の人の「もっと多くの人に公衆電話を使ってほしい」という趣旨のコメントも紹介されていたが、発信者番号の通知が当たり前になっている昨今、電話が鳴っても「公衆電話」としか通知されないと、相手がわからず出ないことも多い。「◎◎市◎◎区◎◎町◎丁目◎番地公衆電話」「◎◎駅改札公衆電話」と表示してくれれば、「お父さん、携帯電話を忘れたのかしら」「雨が降って子供が迎えに来てもらいたいのかも」と大体の想像がしやすくなる。技術的にできないことはないと思うのだが、検討してもらえないものだろうか。

人はなぜ「走る」のか

２０１９年３月１０日

２０１９年３月３日の日曜日、東京・新宿のオフィスビルの高層階でドラマの撮影をしていた。休日は世間の多くの会社が休みになるので、場所を借りて撮影をするチャンスなのだ。カメラの位置や照明を修正する時、ほんの少しの待ち時間ができるたびに、共演者のＭさんが、いちいち窓際に行っては、「下界」を見下ろしている。時刻は朝の９時頃だ。

「もうスタートしたかな」

なるほど、東京マラソンの当日だったのだ。一つ、二つカットの撮影が進んだ頃、私も窓のそばに寄ってみると、東京都庁の前から流動体が流れ出るように、次から次へとおびただしい点、点、点が、まるでモザイクのようにこちらの足元へ向けて、さながら洪水のごとく押し寄せてくる。私たちがいるビルの脇を通過して都心のコースを通り、東京駅近くのゴールまで走り続けるのだろう。しかし、氷雨の降る中、レインコートを着たまま走っている人が多かった。雨の中、寒いのに、なぜ苦行を課すのか。抽選で高い競争率の中

「走る権利」を手に入れたので、せっかく当たったのに温度や降雨で無にしてなるものか、という気持ちもあるのだろう。私には理解できないが、頭は下がる。

「Mさん、マラソンがお好きですね」と聞くと、複数回大きなマラソン大会に出場した経験があるという。みるからにストイックな雰囲気を持った人だし、精悍《せいかん》なたたずまいから「走っているな」という感じがしてくる人だ。

走っている人の姿は美しいと思う。そして、走るということは爽快な行為だとも思う。それを前提にした上で、私は走ることが嫌いだ。理由は「しんどい」からだ。もちろん、急ぐ事情がある時は私とて走ることはある。しかし、それは消極的選択であって、走らずに済むなら走りたくはないのだ。

人は、ヒトという動物は、なぜ急いでいないのに走るのだろう。私の無知がそう思わせるのかもしれないが、地球上のあらゆる生物の中で、急いでもいないのに、長時間、長距離を走りたがる動物は、ヒトだけではないのか。

敵に襲われそうになって走って逃げる動物はいる。獲物を見つけて、猛スピードで走って追いかける動物もいる。しかし、それはほんの短時間であって、ほとんどの場合は一瞬だろう。人間だけが、長時間、長距離を、走りたがる。もちろん、私のようなものぐさを除いてだが。

人間はその持久力において優れているらしく、ある説では3時間で40キロを走破できるのは人間だけだと言う人もいる。その昔、物好きが競走したら人間が馬に勝ったのだとか。しかし、馬はそんなつらいことをすること自体バカバカしく感じたのではないか。そして、誰からもコントロールされずにマラソンを続けたとは考えられず、彼か彼女かの背中には、60キロを超える体重の人間がまたがっていただろうから、こんな出来事は参考にはならない。

呼吸や脈拍の数が多くなると、それだけ死期を早めると脅かされたことがあるが、マラソンを続けているとその危険はないのだろうか。しかし運動不足が生活習慣病を呼ぶことも確かだろうから、適度な運動はした方がいい。ものごとには「ほど」と言うものがあるので、その範囲内で暮らしていきたいものだ。そう、私にとっての運動は、「やや急ぎ気味に歩く」だけだ。

さて、新宿の、3万8000人が怒濤のように押し寄せる「洪水」を、ビルの48階からスマートフォンで動画撮影し、私のインスタグラムにアップロードしたのだが、Mさんから「あの動画、僕も上げて（ネットに掲載して）いいですか」と連絡があった。走りたかったのだろうなあ。

子供への声かけは犯罪の予兆？

2019年3月3日

繁華街を歩くと客引きに声をかけられることがよくある。先日も、大阪の戎橋《えびすばし》あたりを歩いていると、二十歳過ぎくらいの女性がガムをくっちゃくっちゃかみながら話しかけてきた。

「お兄さん飲み屋は」

実はここ数年、道頓堀や心斎橋辺りを歩いていると、こんなふうによく声をかけられる。本当は「お兄さん飲み屋は？」という質問風なのだろうと思うが、最後の「は」の語尾が上がらず、音が下におりるのだ。通常なら「飲み屋をお探しですか？」となるのだと思うが、次々と声をかけ続けるので丁寧に言っていられないのかもしれない。

もちろん、明らかに客引き行為だ。大阪市の条例では、客引き禁止区域の真ん真中である。しかし、店の者か単にその辺りをうろついているだけなのかを特定されにくいように、そういう口の利き方をしているのだろう。「いい飲み屋がありますよ、案内しますよ」

などと言ってしまうと、もし私が監視員や私服の警察官などの場合に言い逃れができないが、「『お兄さん飲み屋は』と言ったのは『ありますか？』と続きがあったのだ」と言い張れる。

京都の木屋町辺りだと、店の敷地と歩道の際ギリギリに立って通行人に声をかけている。公共の場所ではなく「自分の敷地内」でどう声を出そうと問題はない、ということなのだろうか。

声かけといえば、警視庁の防犯メールに登録しているので、頻繁に「〇〇日午後4時頃、◎◎区△△町の路上で、小学生の女子児童が、40代くらいの男性に『かわいい傘だね』と声をかけられました」といった内容のメールが届く。もっと単純なものには、「今帰り？遅いね」「何年生？」というたわいのない声かけもある。これが「いい物あげるからついておいで」とか、「おじさんの車で送ってあげようか」というような内容の声かけなら心配にもなるが、私は古い人間だからか、そこに犯罪の予兆はほとんど感じられない。しかし、現代では警察が警戒して広く市民に知らせる案件のようである。

最近は、親や学校の先生から、「知らない大人から道を聞かれても無視をするように」と教えられるという。なんという世知辛い世の中になってしまったのだろう。

「他人に優しく」「人には親切に」という、子供たちにそうあってほしいと思って当然のことを否定しなくてはならないのだ。

今もそうなのだろうか、ある名門女子校では、通学途中に誰かとすれ違う時に、必ず「ごきげんよう」と生徒に声をかけさせていた。

「お出かけは一声かけて鍵かけて」の防犯標語ではないけれど、声をかけ合うのが平和なコミュニティーの形成の基本だと思っていたことが随分と時代遅れになってしまったようだ。

そんなことを考える昨今だが、最近子供たちから声をかけられる経験をした。

離島の酒場をただひとり飲み歩く、その名も「離島酒場」というテレビ番組に10回ほど出演したのだが、そのロケ撮影時、島の小学生とすれ違うと、あちらから「こんにちは！」と複数回声をかけられた。こちらもその懐かしく、かつ新鮮な快活さに、しばしやり取りをして元気をもらったのだった。こういうコミュニケーションが安心してできる環境づくりを大人がしなければならないのに、「人に親切にすること」すら子供たちに制限しなければいけない社会にしてしまっていることに、大人たちは恥じなければならないのではないか。

あの時の「一抹の違和感」と「不思議な縁」

2019年2月10日

2018年2月28日、行きつけのバー「サンボア」が神戸で創業されて100周年ということで、東京・帝国ホテルでの記念パーティーの司会を仰せつかった。神戸の店はもう存在しないけれど、のれん分けで発展して、今では大阪のお初天神や北新地、京都の祇園、東京の銀座などで、十数店舗がそれぞれの個性を生かした営業を続けている。

前月の同じ日に同じ帝国ホテルで催された、友人の歌舞伎役者、坂東《ばんどう》巳之助《みのすけ》丈の結婚披露宴の司会にも任命されていた。「生涯、帝国ホテルで司会などする機会はないだろう」と思っていたのに、偶然にも2カ月続けて実現するとは驚きだった。

100周年パーティーの当日、会場の帝国ホテル3階の宴会場に急いで向かっていた私は、エスカレーターを2回乗れば3階に着くものだと思い込んでいた。そしてにぎわいを見せる会場入り口に速足でたどり着いた。知った顔も大勢いて、数人が「おはようございます」「こんばんは」などと声をかけてくれる。しかし、一抹の違和感があった。肝心のサンボア関係者の顔が見えないのだ。

ようやく落ち着いて、入り口に記された表示を見てがくぜんとした。「読売演劇大賞贈賞式」の会場だったのだ。無関係の私は挙動不審者のまま踵《きびす》を返し、宴会係のもとに駆け寄って尋ねたら、「もう1階上でございます」と案内された。そこは2階で、もう一度エスカレーターに乗らなければならなかったのだ。

ああ、私には縁のない華やかな贈賞式に間違って入ろうとしたことで顔から火の出る思いだった。出るべき宴会と関係ない宴会を間違えるなど、これまた生まれて初めての経験だった。ああ、思い出すだけでも恥ずかしい。

そして今、それを昨日のことのように思い出す。2018年の夏に出演した二兎社の舞台『ザ・空気ver.2　誰も書いてはならぬ』で、あろうことか縁がないと思っていたその演劇賞の、優秀男優賞を受賞してしまったのだ。超自然現象など全くもって信じない私だが、私のおっちょこちょいな神経が、「予知」的にそこへ向かわせたのかと思うしかないが、こんな偶然もあるものだと苦笑いをしている。

2月5日に受賞者の詳細が新聞やインターネットなどで発表されて、新旧取り交ぜて友人知人のさまざまな皆さんからお祝いの言葉をいただいた。受賞のような形で何かを頂いたのは2002年に日本ソムリエ協会から名誉ソムリエの称号を賜ったくらいか。1990年代に日本酒造組合から日本酒大賞奨励賞というものも頂いたことがあるが、どちらにせよアルコールがらみだ。

仕事で賞を頂いたのは、若い頃の放送演芸大賞ホープ賞を受賞した時以来で、もう三十数年ぶりのことだ。今回、一緒に優秀賞を受賞された他の皆さんのお名前を見て、ただただ光栄至極である。

劇団「笑殺軍団リリパットアーミー」を一緒に旗揚げし、「芝居をやろう」と誘ってくれた中島《なかじま》らもさん、タレント活動が忙しくなり舞台の活動との間で迷っていた時期に、「足を運んでくれる観客の前で生で演じることはコンスタントに続けろ」と半ば強引に約束させられた原田芳雄《はらだよしお》さん、いまだに厳しく指導してくれる演出家のG2さん、今回素晴らしい作品で使ってくださった永井愛《ながいあい》さん、ありがとうございます。そして、何よりも応援してくださっている多くの皆さんに感謝するばかり。

ここからが気張り時なのだろう。「頑張る」ことが嫌いな私も、いつもより少し上乗せしたエネルギーを費やしていこうと、柄にもなく殊勝な気持ちを持たざるを得ない。

僧衣で運転は違反なのか？

2019年1月13日

福井県内で、浄土真宗本願寺派の僧侶が、2018年9月に僧衣を着て車を運転して県道を走っていたら、警官にとがめられ、「運転に支障がある衣服」を着用して運転していたことを理由に、交通反則切符を切られたという。

この決まりは都道府県の条例によって違うそうで、福井県の規則では該当するというが、本当に違反なのかどうかはわからない。福井県道路交通法施行細則の「下駄、スリッパその他運転操作に支障を及ぼすおそれのある履物または衣服を着用して車両を運転しないこと」の部分に抵触したと説明している（2019年3月の改正で「または衣服」が削除された）。しかし、この判断は現場の警察官の主観に委ねられる部分も多そうだ。

福井県警の交通指導課は「僧衣がすべて違反ではなく、状況による」と説明しているが、違反かどうかの線引きに明確な基準はなく、当時は現場の警察官が男性の着用していた僧衣は運転に支障があると判断したらしい。

しかし、その僧侶が着ていた「僧衣」は、浄土真宗本願寺派で布袍《ふほう》と呼ばれる法衣で、仏教業界では「改良衣」と呼ばれている、移動時などに着ることを目的とした簡略化されたものだという。

当の僧侶は「支払うと、今後僧侶の活動が制限されかねない。運転に支障はないことを訴えたい」として、現時点では反則金支払いに応じていないそうだ。浄土真宗本願寺派のコメントとしては「法令は順守するが、僧侶の活動に関わる問題で、受け入れがたい」としている（その後、県警は「証拠不十分」として書類送検を見送った）。

もちろん、安全第一であるに越したことはないし、その警官も職務に忠実だったのだろう。だが、これまで僧衣を着用しての運転が危険を誘発したり、しそうになったりしたことがあったのだろうか。それをもとに、福井県警の交通指導課の中で「僧衣はいけないよね」という共通認識が協議された末の判断なのか、それともしゃくし定規に捉えた警官の無粋な判断だったのか、普段から僧侶をいまいましく見ていたのか、疑問が残るところだ。

この一件が多くの人の知るところとなり、あちらこちらの僧侶が、僧衣を着用して器用にジャグリングをしたり、小さな赤いボールをリフティングしながら縄跳びをしたり、体操の床演技よろしく宙返りをしたりという動画がネット上に拡散される騒ぎになっている。

その映像はどれもエンターテインメントとしては面白く、アクロバティックなお坊さんというミスマッチがユーモラスで多くの人の耳目を集めているのだろうけれど、娯楽と安全の問題は次元が違う。いくら「すごいことができる」とアピールしてもポイントがずれているのではないか。

日本にある7万7000の寺院の僧侶は合わせると30万人以上いるそうだけれど、その中で僧衣を着て運転したら反則切符を切られた経験のある僧侶が、どれほどいるのだろうか。人口10万人当たりの寺院数で言えば、福井県は都道府県の中で滋賀県についで2位だというが、福井県の基準が今回の判断なら、おびただしい数の反則切符がすでに切られていてもおかしくない。

寺院の数で言えば1位を誇り、かつ車社会の愛知県にも、僧衣で運転している僧はたくさんいるだろう。愛知県の判断基準は違うかもしれないが、類する話を寡聞にして知らない。

ましてや、簡易的な改良衣だというのであれば、坊主憎けりゃ袈裟《けさ》まで憎い、もとい、袈裟危なけりゃ改良衣まで危ない、ということなのだろうか。もちろん安全第一は当然だけれども、今回は、袈裟などの動きにくいアイテムは着用していなかったという。これは「大袈裟」だったのではないか。

第4章

当世言葉事情

もろく危ない我欲まみれの「人脈」

2020年6月21日

デザイン科の学生だった頃、他学科でも教授の展覧会があれば、初日に画廊へ出かける習慣があった。美術評論家や他の大家が来廊することも多いので、何かチャンスがもらえるかもという浅ましい考えもあったと思う。主たる目的は、オープニングパーティーで供されるサンドイッチやビールだったのだが。

株式会社GO代表の三浦崇宏《みうらたかひろ》氏が書いた『人脈なんてクソだ。』（ダイヤモンド社刊）という本が痛快だ。普段はビジネス書や啓発本は読まないのだが、あまりに我が意を得たりのタイトルについ反応してしまったのだ。

ビジネスマンのみならず、現代人がついこだわり、とらわれてしまっているさまざまな事柄について、明快に断ってくれているのだが、こういうことを考えている人が成功してくれているということが頼もしく思える。

そもそも「人脈」という言葉自体が「下品」であると断じておられるのだが、まったくもって同感だ。以前から「異業種交流会」だの「名刺交換会」だのといった、我欲まみれの集会が気持ち悪くて仕方がなかった。今は「ソーシャルディスタンス」が不可欠な生活様式になっているので、このところ開催されていないかもしれないが、インターネットを使ったオンラインサロンで会費を集めて実施している人たちも多い。免許や技能など、自分にないものを持っている人とつながって可能性を広げるというのはわからないではないけれど、メリットがあるからという理由でつながる人間関係は、もろく危ないものがあるようにしか感じられない。

自分にとって「役に立ってくれそうな人」を探しに来て、「お名刺交換させていただいてよろしゅうございますか」などとあいさつを交わす。そこには欲望だけが渦巻いていて、発想や感性でビジネスを展開するロマンとは程遠い印象だ。米テキサスで行われていた「前田ハウス」とやらのパーティーはそんな感じだったのかもしれない。

松重豊《まつしげゆたか》さんが「早く言ってよぉ」と嘆くテレビコマーシャルで知られる、会社で名刺を一括管理するシステムも、それほどに需要があるのだろうから全く意味がないとは言わないけれど、情報共有が行きすぎてしまった社会に違和感を覚える身としては、もっと個人と個人の面白さで新たなものが生み出される形はないものかと夢想してしまうのだ。自然に「意気投合」が生まれる機会は、酒場文化の肩身が狭くなった今、さらに少なくなってしまうのだろうか。

もう一つ、私が気持ち悪いと感じている言葉に「ウィンウィン」という外来語がある。結果として事後評価する時に出るならば仕方がないが、何かの勧誘や提案なりをする側が、こんな陳腐な言い草で持ちかけてきたら、まず疑ってかからなければならないと思う。

世の中全体が好景気で成長している時ならまだしも、ゼロサムどころかマイナスサム社会に向かっているこの状況で、「わたしとあなただけが二人勝ち」「ウィンウィンの関係でひとつよろしく」などと言ってきた時には、どこかで誰かにしわ寄せや迷惑が及ぶという欠点を隠しているか、そのことに気づいていないかだろう。前者であればそんな不誠実な人と関わる必要もないし、後者であれば想像力の乏しい人と組む理由がない。

わかり合う環境や過程があって、お互いを面白がって、信頼が生まれて、仕事や遊びにつながるという基本的なことがすっ飛ばされる「文化」は、むなしい。画廊で紹介された大家や評論家との「人脈」が何の役にも立たなかったのは、お察しの通りだ。

「お前、粋じゃねえよ」は無粋では？

2019年11月10日

知己に、「お前、粋じゃねえよ」と言うのが口癖の人がいる。

私は言われたことがないけれど、相当な数の人たちに、しょっちゅう「粋じゃねえ」となじるように言うのだ。「あいつは粋じゃないよな」「あの形は粋じゃない」と、ご本人はいろいろ気がつく粋な男だと自覚しているのかもしれないけれど、彼は他人に対して何を要求しているのだろうか。

別の知人は、「◎◎さん、あんたそれは無粋だよ」と言う。無粋というのは、粋じゃない、ということだろうから、同じ質《たち》のことだ。共に70歳を超えているので、人生経験豊富で、いろいろな人たちの粋な様や粋ではない様を見てこられたのだろう。

しかし、私が一番「粋じゃない」「無粋」だと思うことは、人前で、誰かを指して「無粋だ」「粋じゃない」と面罵することだ。なぜ無粋だと感じたら、こっそりさりげなく気づかせてやろうとしないのだろう。その機会まで我慢できずに感情を炸裂させるのが、粋なはずがないではないか。

関西弁では「粋《すい》なお方やなあ」「粋《すい》な浴衣」というように、発音としては「すい」と言っていたが、最近ではこの読み方を使う人は少なくなった気がする。元々は「極めて優れた」という意味もあって、「現代技術の粋《すい》を集めた」「京の職人の粋《すい》を尽くした」「酒造りの粋《すい》を極めた」というような使われ方は現在でも残っている。

「いき」という読み方は当て読みで、そもそもは「心意気」「生意気」「男意気」「意気込み」などのように「意気」だった。

逆の意味の「野暮」という言葉がある。「野暮なことをお言いでないよ」「この野暮天!」「そばをつゆにどっぷり漬けるのは野暮だ」など、意気ではない、がさつで鈍感で洗練されていない様子を指していう言葉だ。「無粋」と似たような使われ方をするが、少しばかり対象になる者への親しみが残されているニュアンスを感じる。

語源は、田舎風にたとえて「野夫」としたのがなまったのだと言われている。雅楽に使う笙《しょう》の音の出ない管「也《や》」「毛《もう》」が役に立たないことから来ているという高尚な説もあるが、庶民に広まった可能性を考えると前者のような気もする。

英語には「粋」に該当する言葉はあるのだろうか。

辞書で引くと「smart（スマート）」や「chic（シック）」が出てくる。重なる気もするが、少しスピリットが違うような気もする。

何となく、「dandyism（ダンディズム）」が頭に浮かんだが、女性に使われるのを聞いたことがない。「ダン」の音が「男」の音読みと共通するからかとも思ったが、西洋でもそれは変わらないので偶然だろう。


昔、酒場で隣り合わせた作家の長部日出雄《おさべひでお》さんに「キッチュさん、ダンディズムって何だと思いますか」と話しかけられたことがある。「おしゃれとか、かっこいいということですか」と答えたら、「それも含まれるけど、一番大事なのは、『何かをやらない』ということなんだよ」と教えられた。確かに、表現や要求など、抑制的に振る舞うことはイメージがぴったり来る。それは、江戸っ子の追求した「やせ我慢の美学」にも一部、通じるかもしれない。

そうなのであれば、映画『007』シリーズの主人公ジェームズ・ボンドは、世間的にはダンディー扱いされることが多いが、着ているものや言葉遣い、カクテルの注文など、振る舞いはいちいちスタイリッシュではあっても、美女と見ればすぐに口説いて、しとねを共にするような人物なので、ダンディズムとは程遠いのかもしれない。

「自分」「手前」は何人称？

2019年10月20日

「関西人って、相手のことを『自分』っていうよね。話がややこしくて」

そういう意味のことを言う他地域の人は多い。「ややこし」も関西弁ではあるが、それはさておき、たしかに相手のことを「君《きみ》」の意味で「自分」と表現する人は関西圏に多い。私も、学生の頃までは使っていた記憶があるが、いつの間にか自然と使わなくなってしまった。

自分のことを「自分」と言う人は、「自分は〇〇であります！」と言う感じの折り目正しさがあって、何となく兵隊や自衛官、警察官のイメージだが、これは映画やテレビドラマの影響でそう感じるのかもしれない。

なぜ関西で、相手のことを自分呼ばわりするようになったのだろう。

『古事記』や『日本書紀』にも、「おれ」「われ」という言葉が二人称として使用されているそうだが、「われ」に関しては今でも少々荒っぽい関西弁として「われ、何を考えとんじゃ！」などと使われている。

江戸風の物言いの中にも、相手のことを「手前」と言うことがある。

この場合は江戸なまりで「てめえ」という発音になるけれど、このなまりは自分を指す「手前」でも起きていたはずなので、「てめえ」との意味の変化とは、もともと関係はなかっただろう。「手前」自体は自分を指す言葉であり、「手前ども」となれば「私ども」という意味になる。

私の想像だが、例えば日常で、「自分でやれ」を「手前でやれ」、「自分でわかっているのか」を「手前でわかっているのか」という言い方だったのが、自然と両方の意味につながっていったのではないだろうか。

江戸に多くいた侍も、自称を「それがし」と、よその何かのように言っていた。「某」と当て字されていることからもわかるように、「誰であるか分からない、名前で呼ぶ価値もないもの」と卑下した呼称だった。

関西弁に戻すと、ケンカ口調で相手のことを「おのれ、なんぼのもんじゃい！」などと言うが、やはり「おのれ」は「己」であり、それが転訛した「おんどれ」も同じ意味だろう。他地域でも、古くは二人称で「おのれ」を使っていたはずだ。

子供に対して、「君」「坊ちゃん」と話しかける時も、「僕、お名前は？」と一人称を流用する。こういう例は海外にはないのだろうか。日本独自の文化だとすれば、コミュニティーの中で同化することを尊んだのか、それとも関係性の距離感の近さゆえにそうなっていったのだろうか。明治維新で欧米の価値観が導入された時、合理性を重んじるがあまり、共通語からそういう使用法が排除されたのではないか。

距離感で言えば、相手を「あなた」と言うが、そこで本来は遠くの位置を指す「彼方」という表現を使うのは、敬意の表れだろうと想像する。誰か分からない時の「どなた」、近くにいる人に対して「そなた」となれば、「こなた」とはもっと距離の近い人なのか、自分自身か。

先代の桂文楽《かつらぶんらく》を「黒門町《くろもんちょう》の師匠」、同じく五代目柳家小《やなぎやこ》さんを「目白の師匠」、林家彦六《はやしやひころく》を「稲荷町の師匠」など、住まいのあった地域で呼んだのも、直接名指ししない尊敬の表れだったと聞く。時代劇でも「三ノ輪のォ（親分）」「八丁堀！」などと地名で呼び合う場面があるが、現代にも「陛下」（天に通じるきざはしの下）「殿下」（宮殿の下）「閣下」（高層の建物の下）「猊下《げいか》」（仏の居所である猊座の下）という、その居場所を敬称として用いる文化は残っている。

これは、米大統領を「ホワイトハウス」とか、ローマ法王を「バチカン」というように、海外でも使われることはあるのだろう。この場合は、敬意の質は違うのかもしれないけれども。

いつから「卒業」と言い出した？

2019年9月29日

先日、2019年9月23日、セミレギュラーで出演していたMBSの情報番組『ちちんぷいぷい』の最後の出演を終えた。そういう契約があるわけでもなく、決定的な要因があるわけでもなく、スケジュールやその他の諸条件でそうなるのだけれど、辞める時の事情はさまざまだ。

もちろんというか、今回は極めて円満な経緯なのだけれども、番組から去る時はやはり愛着もあるので一抹の寂しさは人並みに感じる。だから、単にいつものようにすんなり帰って、時が過ぎてから「そういえば最近出てないなあ」と思い出すくらいがちょうどいいのだけれども、なぜか人というものは額縁のようなものをつけたがるもので、ほとんどと言っていいほどに、残る出演者の代表かスタッフの一番偉い人から花束を渡される。

善意であることは承知だし、最小限の礼儀としてこの風習があるのだろうけれども、どうにも苦手だ。特に花が好きというわけでもないおっさんが、両手に抱えるほどの花束をズシリと受け取って、その後どうすればいいのか処置に困るのだ。私には無粋とも言える合理主義的なところがあって、「この金額で図書カードとかビール券とかクオカードとかにしてもらえないかなあ」と、実は毎度のように内心で思ってしまうのだ。これはスタッフには内緒です。

いや、ぜいたくを言うな、礼節を重んじてもらうだけでもありがたく思え、なのだけれど、実際その後、「一人打ち上げ」で立ち飲み屋にでも行こうかと思っても、巨大な花束を抱えては入りづらいのだ。それは私の問題だけれど。

これは、芝居をやっている時に楽屋の差し入れでいただくものにも言える。長期の公演の前半ならうれしいものでも、1~2日の公演や千秋楽の楽屋差し入れで大量の生菓子などをくださる方がいる。ありがたいけれど、千秋楽の公演が終わったら大わらわで撤収作業をするのに、食べる暇も持って帰る手も足りず、結局その劇場への置き土産になってしまうことが多い。やっぱりビー……(以下省略)。

なぜか、番組を降りたり降ろされたりする時、「卒業」という言葉を使うようになった。これはいつ頃からの現象なのだろう。なぜか、番組に出なくなることを学業にたとえている。ということは、番組は「勉学の場」であったということなのか。もちろん多くのことを学びもするだろうけれども、少なくともビジネスとして関わっているものを卒業呼ばわりするということに違和感を覚える。

その昔は「降板」と言っていた。これもワンクッション置いた例えのような表現で、元は野球用語だ。投手が投球板（ピッチャーズ・プレート）に乗るのを登板（テーク・ザ・プレートの訳か）、降ろされる時に降板と言っていたのをテレビやラジオの番組に流用したのだろう。しかし、それでは「当人が不調だから降ろされる」というネガティブな印象を与えるので、前向きな響きの卒業という言葉が重宝されているのかもしれない。

私の記憶では、30年ほど前に全盛だった女性アイドルグループ「おニャン子クラブ」からだったのではないだろうか。そこから、後の「モーニング娘。」などに受け継がれ、現在の「AKB48」や「乃木坂46」にいたるのではないか。

集団としては存続するのだけれど、そこから引退や脱退をする場合に「仲間はずれじゃないよー」的に、先輩として敬う気配のある用語「卒業」が使われるのだ。それがいつしか、番組に流用され始めたのだろう。

落語の「壺算《つぼざん》」に「えらいことした、壺が割れた！」と騒ぐ夫に、妻が「縁起でもない。数が増えたんだす」と返す場面があるが、その延長線なのだろうか。

私には、集団での虐待を「いじめ」、店舗での窃盗を「万引き」、性的暴行を「いたずら」と言い換えて深刻さをマヒさせる発想に通じているのではないかとも感じるのだが。

「性癖」「酒池肉林」にエッチな意味なし

2019年9月15日

ある人と話していた時に、性癖についての話題になった。話が広がるうちに、相手と私の内容がどうにもかみ合わない雰囲気になってしまい、なぜかを考えた時に、どうやら相手の思っている「性癖」という言葉と、私の思うそれの意味が違っていたようなのだ。

彼は、秘め事の性的嗜好《しこう》を表す言葉だと思っていたようなのである。もちろん、性癖という言葉にそのような意味はないが、どこでどう勘違いしてしまったのか、彼は思春期を過ぎてからずっとそう思い込んでいたのだそうだ。勘違いする理由はわかりやすい。「性」と「癖」の字で成り立っているのだから、「性の癖」だと思ってしまうのは無理もない。

随分前だが笑福亭鶴瓶《しょうふくていつるべ》さんとゲストがアドリブで演技をする『鶴瓶のスジナシ』というテレビ番組に出た（DVDでは「その4」に収録）。いわゆるエチュードというか、インプロビゼーションというか、役者が即興で物語をつくりあげていく手法をテーマにした番組なのだが、その中で私がこの単語を出した時の鶴瓶さんの目の輝きが忘れられない。私は、彼が思っているようなつもりで言っていないのに、「いかん、ここを広げられては」と内心焦ったものだ。

性癖とは、人間の元々持っている、さが、性格、性質としての、心や行動に表れる癖や習わし、偏りを指す言葉であって、性的な嗜好を指すような限定はない。しかし、多くの人にはそう思われていないようで、もし疑われるなら、気のおけないお友達に「性癖の話をしましょう」と切り出してみてほしい。おそらく、過半数が「真昼間から何を言い出すの？」という表情になるのではないかと思う。

似たような意味合いで思い出すのは、「酒池肉林」という四字熟語だ。「旅行は楽しかったですか？」と聞かれて、「連日、酒池肉林でしたよ」と冗談半分に答えた時には、相手が私の人格を疑うような表情になって少し慌てたことがある。この言葉も、「性癖」と同じくエッチな意味は全くないのに、そういう要素を盛り込んで認識している人が多いようだ。

酒池肉林とは、本来は「酒を以《も》って池となし肉を懸《か》けて林となす」という例えからできた、ぜいたくな酒肴《しゅこう》がふんだんにある宴会やその様子を指す言葉だけれども、もちろん性的な「肉欲」の意味はなく、異性にまみれて淫《みだ》らに繰り広げられる宴という意味でもない。「肉林」という字面で性的な欲望に満ちた場面を連想する人がいるのか、あるいは「池」の字で欲望に溺れているようなイメージが湧くのか、この勘違いは蔓延しているようだ。

ここ30年ほどで定着したのが「不倫」という言葉だろう。私が学生の頃まではあまり聞かない言葉だったが、そもそもの意味も「旦那がいるのによその男と」「妻子のある身で若い女性にのめり込む」という意味ではない。そういった類の不貞はかつては、「浮気」「姦通《かんつう》」「不義密通」などと言っていた。「不倫」は、文字通り「不道徳」「インモラル」全般を指す言葉で、「人として生きる道を踏み外す不徳の行為」を指していた。どうも、昭和の初めあたりから「道ならぬ恋」を指すようになってきたのだという。しかし、「姦通」ではあまりにもあからさま、「浮気」ではあまりにも軽く感じるところから便利な用語になったのだろうか。

蛇足ながら、「変態」という言葉も、可哀そうなものである。もともと生物学用語で、「完全変態」「不変態」「過変態」のように、生物が元の姿から別の形態に変貌する現象を指していた言葉なのに、精神医学用語で使われていた「変態性欲」の略語になり、普通でない性的嗜好についての呼び名として定着しすぎてしまっている。

蛇足のさらに蛇足ながら、「エロ」「すけべ」の意味の「エッチ」は、明治時代に「ヘンタイ」の頭文字を取って女子学生用語として生まれたものが、昭和30年から連載された舟《ふな》橋聖一《ばしせいいち》の新聞小説「白い魔魚」から広がったとされる。

3段階の蛇足ながら、その「エッチ」を昭和後期に性行為の名称として普及させたのは、明石家さんまさんと島田紳助さんである。

「しゃれた」に「小」を付ける意味

2019年9月8日

関西では、様子や形容に「ど」を付けることが多い。「ど根性」「どえらい」「ど真ん中」「どアホ」「どびつこい」などだが、「ど根性」や「ど真ん中」などは、アナウンスや実況にも使われることが多くなった。

関東では、強さよりも程度が控えめなことを評価するのだろうか、様子を表す言葉の頭に「小」を付けることが多いように感じる。

ここで突然好き嫌いを表明して恐縮なのだけれども、私は「小じゃれた」という表現が嫌いだ。明確な理由があるわけではないのだが、なぜか生理的に好かないのだ。

この表現がいつ頃から使われ始めたのかは覚えていない。私の感覚では、少なくとも、20年ほど前ではないか。頻繁に耳にするようになったのはその頃だったと思う。バブル時代より前には聞かれなかった。

なぜ、「しゃれた」とストレートに言うのではいけないのだろうか。「しゃれた」に「小」を付ける意味がわからない。しかし、生理的に不快感があるということは、何か理由があるはずだ。

様子に「小」を付けるのはどういう時だろう。

「小生意気」「小ざかしい」というふうに、自分より小さな存在のものを上から評価する、少々ネガティブな言い方だということはわかる。いわゆる「こましゃくれた」というニュアンスだろうか。ついでに言えば、こましゃくれる、という言葉の語源には、馬が土を掘り返す「こまさくれる」や、下顎が出しゃばる「しゃくれる」から来ているなど諸説あるけれども、「こま」は「細かい」ことを表しているとも言われる。それが「さかしい」様子、「こまさくれる」となって転訛したという説もある。この場合は「小ざかしい」と意味が共通しているが、少なくとも、その差し出がましさに、高みから嫌みを言う形であることは間違いなさそうだ。本当なら、「さかしくあってほしくない」「さかしくなくてしかるべきなのに」といった時に使われるものだろう。

他にも「小」を付ける言葉はたくさんある。「小1時間」「小競り合い」「小腹がすく」「小首をかしげる」「小金持ち」「小芝居」「小せがれ」「小娘」「小ぢんまり」「小悪魔」などは、純粋に程度の規模を表しているのだろうし、「小汚い」「小うるさい」「小手先」「小憎らしい」「小ずるい」「小細工」「小バカにする」「小利口」など、否定的だが「小」は単純に意味を和らげる機能として使われている用法もあろう。しかしどちらにせよ、高みから評価する用法が多いようだ。最近は「小役人」が権力者の顔色をうかがって出世する様子が目立つ。

「小ざっぱりとした」「小奇麗にする」「小粋な計らい」などは、親近感のニュアンスも感じられる。わざとらしいわけでなく、自然に洗練されている雰囲気のある言葉だ。ひょっとすると「小じゃれた」という表現もこの部類に入るのかとも思ったが、どうにもしっくりこない。どうしても、「見せかけだけの付け焼き刃的な当世流」を皮肉った物言いに聞こえてしまうのだ。

そもそも、昔は「小じゃれた」といえば「小戯れた」という意味で、ふざけていたり、なれなれしかったりする様子を表す言葉だった。同じ発音だけれど、最近は完全に意味が取って代わられてしまったようだ。私の抱く違和感は、この語感が残存しているせいなのかもしれない。

こんなことが気になる私は、「小ヤボ」なのだろうか。いや、そんな言葉はないのだけれど。

耳慣れない「反社」の不快な響き

２０１９年７月28日

テレビの情報番組で、最近頻繁に聞こえてくる耳慣れない言葉がある。最初は、「ハンシャ」と言うので「反射」のことかと思ったが、アクセントが違う。話を聞いていると「反社会的勢力」「反社会的グループ」を省略した言葉だということがわかった。

年配のコメンテーターも一緒になって使っているので、結構浸透している言葉なのかもしれない。時事通信社が配信するニュースの見出しにも、「吉本『反社』問題」という言葉が躍っている。

スマートフォンやコンピューターの変換では「反射」「販社」あたりしか出てこないので、それほど一般的な言葉ではなさそうだが、このところ一斉にこの言葉が使われるようになっている。

近年は企業などの取引が反社会的勢力との間で取り交わされることを防ぐための「反社

チェック」というマニュアルも存在するようで、今年急に使われ始めた表現でもなさそうだ。だが、この様子だと今年の年末に「新語・流行語大賞」にノミネートされるのは確実ではないだろうか。

しかし、この略称には少しばかり違和感を覚える。

略称になる時は、それが身近なものである場合と、その対象を軽んじる時に使われることが多い。

古くは阪東妻三郎《ばんどうつまさぶろう》が「阪妻」、青山学院大学が「青学」、名古屋駅が「名駅」、イタリア料理を「イタメシ」、最近ではスマートフォンが「スマホ」などと呼ばれる時は、その身近さゆえの略称だろう。フランス料理を「フラメシ」と呼ばないのは、身近な感じがしないからなのかもしれない。

軽んじられる時は、蔑称になりかねない場合も多い。

アメリカを「アメ公」などと言った時代もあるし、日本人のことを「ＪＡＰ」とばかにする言い方もある。石原伸晃《いしはらのぶてる》衆院議員が幹事長の時、ニュース番組内で生活保護受給者のことを「ナマポ」と表現して政治家としての資質を疑われたことも記憶に新しい。

新聞や雑誌、テレビのテロップなど、字数に制約がある時にも略される。新聞が全盛だった頃は、ソビエト社会主義共和国連邦を「ソ連」、ロッキード社を「ロ社」などと表記して、字数を節約することもあった。セクシュアルハラスメントを「セクハラ」と言うのも同様の理由だろう。

この「反社」についても、そもそもはそうだったのかもしれない。「反社会的勢力」を「反社」とすれば、長さは3分の1だ。しかし、口頭で「反社」と呼ぶのはどうにも違和がある。

軽く扱うものでも、身近なものでもあってはならない。口が疲れるなら、「反社会」ぐらいにとどめておけばいいと思うのだが、何か業界用語的、符丁のような感じがして不快な響きだ。

日本で最大といってもいい芸能プロダクションやその所属タレントと反社会的勢力の関わりについて、にわかに取り沙汰された。

芸能の歴史を見れば、テレビよりももっと昔の映画や興行の世界では、一部には持ちつ持たれつという側面があっただろうし、切っても切れない関係も根深いものがある。反社会はもちろん悪ではあるけれど、社会は白か黒かで明快に分けられるものではなく、くっきりと線引きできない有機的な絡み合いもあるだろう。

テレビが公的なメディアだと言うならば、もっと公的な存在である政治家が、反社会的な行為にまつわるもめ事で暴力団関係者から自宅に火炎瓶が投げ込まれたことがあるが、その政治家はいまだ政府の重職に就いたままだ。

責任回避の「ほぼほぼ」「知らんけど」

2019年5月12日

先日、あるアナウンサーと話していて、「ほぼほぼそうだと思います」と言われた。「ほぼほぼ」に少し違和感を覚えたのだが、間違っているとも思えない微妙な言葉だ。前にも聞いたことがあるけれども、多く使われるようになったのはここ数年ではないだろうか。どちらかといえば、関東圏の人が多く使っているように思う。

「ほぼ」というのは、「だいたい」「おおよそ」「おおむねそうである」というような意味だろうと想像する。「確実なことではなく、言い切るほどではない」ので「ほぼ」という語を付けるのは理解できるが、それを2回繰り返すのはどういう意味があるのだろう。国語辞典などで有名な三省堂が、２０１６年の「今年の新語」の大賞に「ほぼほぼ」の語を選んでいるが、定着していくのだろうか。

文化庁の２０１７年度「国語に関する世論調査」では、「ほぼほぼ」という表現を使うことがあるのは27％ほどで、若い人の多くが知っていたのに対して、70歳以上になると、聞いたことがないと答えた人が多くなっている。「聞いたことはあるが使うことはない」が4割ほどだそうだが、私はここに含まれるようだ。

「ほぼほぼ」の意味は、ほぼ、「ほぼ」と同じなのではないかと思うのだが、使っている人が皆同じニュアンスとは限らないので定義も難しい。「ほぼ」よりも「絶対」「確実」に近いという意味か、「ほぼ」という意味をもっとぼかすために重ねているのかは判然としない。字数を多くして次に出てくる言葉を脳内で紡ぐための時間稼ぎになっている場合もあるかもしれない。

新語だが、初めて聞いた時も意味は伝わったので、すぐに廃れる流行語ではなく、共通語として定着していく可能性は大きい。いつかは、アナウンサーがニュースで使用する時もくるのではないか。

関西圏で近年とみによく使われるようになった言葉で、「知らんけど」というものがある。これは真面目な話の時には逆効果になるので使い方が難しい。一見確度の高い情報を伝えているような顔をして、終盤に「知らんけど」を付け足すのだが、多くは情報への責任を避ける意図で使われているのではないか。

「○○さん、離婚したのは奥さんに男ができたかららしいで。知らんけど」「あそこの大学、使途不明金がぎょうさんあるんやて。知らんけど」「消費税5％に下げる言うて解散総選挙になるそうやわ。知らんけど」「プーチン（ロシア大統領）がけしかけてるらしいで。知らんけど」など、内容の真実味に自信がない場合や、盛り上がるなら面白さを優先しようという気持ちが働く場合もあるだろうが、事実だと思っていても内容が衝撃的な場合の緩衝材として付け加える場合もあるかもしれない。

この語を口癖のように頻繁に多用する人は、何でもオーバーに「盛って」話すおしゃべりな人が多いだろう。話に尾ひれをつけることを周りへのサービスだと思っている人も多く、そういう人には責任回避に便利な言葉なのかもしれない。最初に「知らんけど、◎◎って……」と話し始めてくれると親切なのだろうけれど、それでは話を最後まで聞いてもらえなくなるというジレンマもあるのだろうか。

私の場合はギャグとして使うので、正確な話をひとしきりしたところで、うんちくを披露したことへの照れ隠しとして「知らんけど」と付け加え、相手の「知らんのかいな！」というツッコミを期待している。そして、それは「ほぼほぼ」成功するのである。

「ほぼほぼ」も「知らんけど」も、責任をぼかして回避する言葉として、これからも多用されていくのだろう。知らんけど。

意味不明の「業界用語」

2019年2月3日

ナレーターデビューをして36年、ボードビリアンとして35年、舞台俳優を始めて曲がりなりにも30年以上たつが、いまだに業界用語のようなものに戸惑うことがある。2019年1月に出演した音楽活劇『SHIRANAMI』では、稽古《けいこ》中に初耳の言葉が聞こえてきた。「テキレジを入れておきましたので確認よろしくお願いします」と演出助手からアナウンスされたのだが、私には何のことかわからなかった。そばにいる複数の役者に聞いてみたが、誰も知らない。語感からして、何かの略かもしれない。「テキストレジーム」「適正レジスター」「テキスタイルレジュメ」「敵レジスタンス」といろいろ浮かんだが、意味が通じない。

便利な昨今は、手のひらに収まる板状の端末から何でも調べられるのでその恩恵にあずかれば、脚本家が書いた台本のセリフなどを演出が進む中で修正することだそうで、「レジ」の部分は何の略なのか定説がないようだ。私はドイツ語で演出を表す「レジ」説を支持するが、つまりはわかりやすければ何でもいい。「テキレジ」などと熟語を「セクハラ」「コピペ」のように略してまでいう必要があるのか、違和感を覚える。言った人を責めているわけではないが、こういう風習はなぜ根付いてしまうのだろう。いや、根付いていないのかな。少なくとも、私と私の周辺の役者は聞いたことがなかったのだから。

稽古から本番までのスケジュールが書かれた紙には、「GP」の文字が有る。これは「グランプリ」ではなく、よく使われる「ゲネプロ」のイニシャルだ。元はドイツ語で「ゲネラル（総合）・プローベ（稽古）」というのを、日本人が言いやすく省略したのだろう。稽古場ではなく、本番を上演する劇場の舞台で観客以外は本番と同じ条件でする稽古で、この言葉が存在する理由はわかる。「劇場舞台稽古」などと発音するのも書き込むのも手間がかかるのだ。

劇場で場面場面の稽古をする時には、役者がよく「ここ、ちっこーお願いします！」などと叫んでいる。完全暗転（舞台転換を真っ暗な中で行うこと）の時に、舞台装置の角や上辺などに蛍色の光を放つテープを貼って、観客に見えないほどの小さな目印をつくっておくのだが、それを「蓄光」と呼んでいる。明るい舞台照明が当たっている時に光を蓄えるからそう呼ばれるのだろう。

客席から向かって右を「上手」、左を「下手」というのは、位の高い者が右側に配置されるという風習からだそうで、うまい役者は右、下手な役者は左に、ということだったのだろうか。

飲食や芸能、音楽の業界で、朝以外に出勤した人が「おはようございます」というちょっと違和感の残るあいさつをするのも、元々は舞台用語から生まれたようだ。歌舞伎は日中を通して公演を行うので、遅く入ってきた大看板の役者に対しても敬意を払ってそう言っていたものの名残だという。日本映画の草創期、歌舞伎界の人材が多く撮影所に流入したことからその風習が受け継がれ、その後テレビの草創期にやはり映画界の人材が移入したことから、この習わしがアイドル歌手にまで浸透したようだ。

今回の舞台は、歌舞伎『白浪五人男』をアレンジした出し物で、私の役は日本駄右衛門という大泥棒だ。カツラも石川五右衛門の頭のようなもので、「百日」と呼ばれるものらしく、100日伸ばし放題にしたらそうなるという由来だそうだが、到底3カ月ちょっとでは完成しないヘアスタイルだ。そして、堅気に早替えする時には、大キノコのようなてっぺんの部分が一瞬で取り外せるようになっている。普通の町人のカツラに仕込んだ強力な磁石でつないでいるのだ。演出家の難題に応えて工夫されたのだろう。いや、プロというのはすごい。千秋楽のカテコ（カーテンコール）でお辞儀をしながら取ったら客席がどよめいた。

超独自すぎる「すぎる」の多用

2018年12月2日

入管法改正や水道民営化などの、この国の形を大きく変えてしまう重要な案件を与党が強行しようとする大問題が目白押しなのに、これらは地味にニュースで伝えられるものの、多くの情報番組では、イタリアのブランドが中国人からボイコットされているとか、韓国人ゴルファーのティーショットの時のフォームが風変わりだとか、これほど時間を割いて詳細に騒ぐことなのかと聞きたくなるような景色ばかりで、こういう話題が流れているのだから日本は平穏だと思わせるミスディレクション（人の注意を他にそらすこと）ではないかとすら勘ぐってしまう。

そのゴルファー、崔虎星《チェホソン》選手のフォームの話題を紹介する時に、スタジオの男性アナウンサーが「スイングが独特すぎるんです」と繰り返していた。

「すぎる」とは、どういうことだろうか。「独特」には、程度があるということなのだろうか。

ついそう言ってしまったのではなく、明らかに台本に書かれているかのように多用していたので、彼もしくは台本を書いた人、あるいはその両人が、「ちょっと独特」「普通に独特」「すごく独特」「過剰に独特」という程度が「独特」の言葉にあると思っているとしか思えない。

独特という言葉は、「そのものだけが持っている特別なもの」という意味だが、それに「すぎる」という言葉を結合させるのは違和感がある。

他にも、「この状況、最低すぎる」「最悪すぎる環境」など、「最◎」に「すぎる」が付くことも多い。限界のところにまできているのに、すぎてどうする。「超最高！」などという褒め言葉もよく耳にするが、最高に超が付くのは最高すらも超えているという強調のつもりなのだろうか。

昨今、「おいしすぎる！」「楽しすぎる！」など、すぎていることを評価するような言い方をする人が多すぎる。

もう10年ほど前だろうか、青森あたりの市議会議員が「美人すぎる市議」ともてはやされたことがあったが、そのあたりから「美人すぎる」という表現が雨後のタケノコのようにはびこって現在に至る。「美人すぎる弁護士」「美しすぎる歯科医」「可愛すぎる婦人警官」など、なぜ「すぎる」を付けたがるのか理解に苦しむ。

動機の一つには、その職業では通常レベルの容姿があるけれども、その割には不必要なほど美しい、という思いがあるのではないか。なぜなら、容姿が商品価値とされる職業の人にはその表現を向けることがほとんどないからだ。「美人すぎるファッションモデル」「美人すぎる女優」という褒め言葉を、私は聞いたことがない。

感想を求められた時、「普通においしい」などという人もいる。この場合の「普通に」は、もちろん「中くらいにおいしい」という意味ではなく、「食べる前の予想ではおいしくはなさそうだったけれど、意外や意外、うまかった」という場合の表現だが、「案外」や「意外」ではいけないのだろうか。

最近当たり前のように使われている、「こうすれば安くつきます」という表現にも違和を感じる。日本語として間違っているというわけではないかもしれないが、「安く上がる」という表現と「高くつく」が混ざってしまったのではないかと思う。

余談すぎるが、超拙速で強引すぎる国会運営を普通に強行しないで、国民にとって高くつく、超高額すぎる武器の購入や破綻すぎる未来が超目に見える水道の民営化などには、超慎重すぎる姿勢で取り組んでもらいたいものだ。

焼いてないのに「やきそば」？

2018年11月4日

熊本県山鹿《やまが》市の伝統工芸で「山鹿灯籠《とうろう》」というものがある。金具や木材は一切使わず、和紙とのりだけで作られた緻密な細工で、毎年夏になると約１０００人が金灯籠という型の物を頭に乗せて踊る行事もある。地元の展示場には、灯籠として使用するものだけではなく、建物の模型のようなものもあり、一度は解体されて運営が途絶えた公衆浴場を再建する時の参考にもされたというから、その精緻さがわかる。さて、その作品群も「灯籠」と呼ばれている。もはや灯籠としての機能がないのだが、そう呼ばれているらしい。

熊本といえば、市議会で喉あめを口に含んでいた女性市議が懲罰にかけられる騒ぎが記憶に新しいが、喉あめというものも、喉のトラブル解消の機能が全くなくても喉あめと名乗っていいそうだ。改善効果をにおわせるネーミングなのに違和感を覚えてしまう。

消炎作用のある成分が配合されているなどすれば効き目はあるのかもしれないけれど、

なめて溶け出した汁は喉頭蓋《こうとうがい》の気管側にある声帯の方へは行かず、食道の方へ送られていくので、声自体に影響するのか、個人的には疑問に思っている。ハッカのような清涼感のあるものはまだその爽やかな気体が声帯の方へ流れ込むので、喉あめを購入する時の判断材料にしている。気分的なもので根拠は乏しいが。例えば、牛乳は無乳脂固形分8％以上、乳脂肪3・0％以上でなければ牛乳と名乗ってはいけないなど厳格な基準があるが、喉あめにはそういう窮屈なものはないようだ。

カップのやきそばにも違和感がある。お湯を入れるだけの「やきそば」は焼いていないのに「やき」でいいのか。いや、それどころか、材料は小麦粉がほとんどで、そば粉はまったく入っていないのに「そば」である。「焼き蕎麦《そば》」ではなく平仮名で書かれていることでよしとするのだろうか。中華そばの場合も、そば粉が入っていないのに「そば」であるというのは、粉にし薄くのして細く切るそばの成形方法自体が一般的になってしまったので、その形状からの連想でそう呼ばれるようになってしまったのだろう。

焼き鳥に関しても、同じことが言える。「焼きとり」と看板を掲げていても、実は「焼きとん」であることがままある。この場合は、肉を串に刺して焼く調理法を指すのであって、豚でも野菜でも牛でも、「焼きとり」なのだろうなあ。

羊を焼いて食べるジンギスカンも、ジンギスカンとは関係がないのになぜかそう呼ばれ続けている。羊はモンゴルのイメージだとか、モンゴルの兵士がかぶっていた兜《かぶと》と鍋の形が似ているとかいう説が有力だそうだが、勝手に名前を付けられてハーンはどう思っているだろうか。

子供の頃、「メロンパンにはメロンが」「うぐいすパンにはウグイスが」「ホットドッグには犬が」入っていないなどとへりくつで遊んだものだが、こうして考えてみるとその物の名前とは、他と識別する記号にすぎないものなのだということがよくわかる。

さらに余談だが、東京の有名なカレー店に「ナイルレストラン」や「エチオピア」という老舗があるが、なぜインドカレーなのにアフリカの地名が、とけげんに思っていたことがある。後に「ナイル」はご主人の名前、「エチオピア」は元喫茶店でコーヒー豆の名前から付けたことが判明してすっきりした。

釈然としない「演技派俳優」

2018年9月23日

俳優をさす時に、「演技派俳優」という言葉を使うことがあるが、これは何だろうか。

演技をしない、演技がメインでない俳優というものがいるのだとすれば、「何派俳優」と呼ばれるのだろう。

女優の場合は、ヌードでいわゆる「ぬれ場」をこなせばそう呼ばれることも多かったようだ。脱げば演技派というわけのわからない基準が横行していたのは、今となっては笑ってしまう話だが、スポーツ新聞の芸能欄にはまだそう言った雰囲気が残っているかもしれない。

「実力派俳優」という言葉もある。これは演技が達者であるというわけではなく、それほど売れ出した時期が早くなかった俳優や、映像よりも舞台を主にやってきた俳優に向けられることが多い。

どのメディアでも実力に偏りがあるわけではないと思うが、なぜか舞台に出演すると「実力派の仲間入り」などと奇妙な肩書をつけられてしまう人もいるようだ。もちろん、劇場で生の芝居を演じるには、映像のようなごまかしが利かない部分はあるが、何か釈然としないものがある。

ワイドショーなどで、番組に関係した人を、番組名を冠して「◎◎◎ファミリー」と呼ぶようになったのはいつ頃からだろうか。レギュラーやセミレギュラーで出演している人をそう呼ぶのはまだいいとしても、一度だけのゲスト出演でもファミリー呼ばわりされる人たちは、何か違和感を覚えないのだろうか。

ハリウッド俳優やトップアスリートなど、通常だとなかなか出てもらえないような人も、イベントなどの宣伝目的で登場することがあるが、その時点で既に「ファミリー呼ばわり」は確定してしまう。

それどころか、スタジオに来たわけでもないのに、ピッチやグラウンド、撮影現場、イベント会場でマイクを向けられて軽く質問に答えただけでもファミリー扱いになってしまう。

ここでいうファミリーは、関わり合いになればその番組内だけでレッテルを貼られるが、具体的に余計なストレスがかかるわけではないからいいのでは、という都合の良い存在でもあるのだろう。

居心地悪い「買春」の読み方

2017年5月7日

新横浜で、新幹線の時間まで少し間があったので、駅ビルのレストラン街のそば屋に入った。江戸時代から続いているということで有名な老舗の支店だ。時間が少ししかない時は在来線の横浜線ホームにある立ち食いそばに行くのだけれど、今回は余裕がある。

入りざまに指を1本立てて「1人です」と言ったら、「1名様ですね！」と元気よく言い換えられる。親子南蛮というものを注文、厨房《ちゅうぼう》に消えた店員さんが戻ってきて、「おそば、うどんはどうしますか」と。いやいや、おそば屋さんだから、メニューにあるからといってうどんならはっきりお願いすると思うのだが、アレルギーの心配もあるから気がついて親切で聞いてくれたのだろう。

そばが出てきて、食べ始めたら、手持ち無沙汰なのだろうか、年配の店員さんが、私のそばのすすり込みを凝視している。これはあまり気持ちの良いものではないので、「何ですか？」というような顔をして見せたら、やっと目をそらしてくれた。

昼時が近づいてきたので、私の後からどんどんお客さんが入ってくる。よかった、もう凝視されずに済むと思い、私はほっとしてそばに集中した。すると、「はい、いらっしゃいませ、2名様ですか⁉」「2名様」「はい、2名様！」「2名様！」「2名様です！」「2名様！」「2名様です！」と各店員が一斉に、口々に叫ぶ。いらっしゃいませは最初に気づいた店員だけが言うけれど、ほとんどは「2名様！」の時間差攻撃だ。

関西弁でいうところの「癇性病《かんしょう》み」なのかもしれないが、もうすっかり定着してしまった感のある「〇名様」という言い方が、私にとっては耳障りだ。

前にも書いたかもしれないが、「〇名」というのは、数を文字通り量として伝える情緒のないもので、「乗員乗客合わせて25名は無事でした」というニュース用語や、「我々は3名で参りますが、御社からは何人でお越しになりますか？」と自分たちや目下の者について使う言葉だろう。いくら後ろに「様」を付けても、違和感がある。

すっかり慣れっこになっているつもりでいたが、ここまで連呼されると、少々げんなりする。ファミリーレストランなどの、若いアルバイターが元気よく数をこなすような現場であれば気にしないくらいには鈍感になっているのだが、伝統が自慢の老舗そば店には少し似つかわしくないかなあ。

全く話が変わるが、もう一つどうにも違和感を覚えるのが、売春の客の行為を指す「買《かい》春《しゅん》」という言葉だ。いつ頃誰が提唱したのかはわからないが、耳だけで聞いた時に「売春」と区別するための苦肉の策なのだろう。しかし、昔ながらの湯桶《ゆとう》読み、重箱読みのような習わしではなく、最近のとってつけたような聞こえ方に、居心地の悪さを感じるのだ。

そもそも「春」という漢字に性行為のイメージを持たせるのは雅語的な扱いであって、「春を売る」「春を買う」というと時代劇じみてしまうが、少々の手間でも「売春に応じる」とか、「春」というものを独立した言葉として「春買い」と表現するかにしてほしい。

もちろん「売春利用」「売春購入」でもいい。「春購入」だと「ラブ注入」のようになってしまうが。とにかく「カイシュン」よりはよほどいい。春という字をこの意味で使う「カイシュン」は、ご老人がもう一度若さを取り戻すという「回春」のニュアンスを感じて、尻がくすぐったいのだ。

対談

池上彰
×
松尾貴史

「違和感」が世界を変える

違和感だらけの記者会見

池上彰　この連載の「ちょっと違和感」ってとてもよくできたタイトルですよね。政権に対する全面的な批判もかなり書いていますが、〝違和感を覚える〟という言い方をすると、少しオブラートに包まれるようなところがあるでしょう。

松尾貴史　主観ですからね。〝私はそう感じたんだから、誰にも文句は言わせないぞ〟という（笑）。

池上　コマーシャルで言うところの〝個人の感想です〟というものですね。個人の感想なので責任を追及されないという（笑）。国会論戦で野党が与党を激しく追及するような感じとは違う、少し柔らかい感じになる、でも「私はおかしいと思うんですよ」という言い方です。「松尾さんはこういう違和感を持ったんだ。私はそれに対してどうだろう」と考える読者の反応もあるでしょう。いろんな意味で上手いな、と思いながらいつも読んでいます。

松尾　ありがとうございます。もちろん違和感は自分の主観ですけど、共感を持ってもらえる人が出てきたらうれしいなっていう、大いなる〝ほのめかし〟を新聞でやらせていただいています。僕も、いろんな人の〝ほのめかし〟によって違和感に気づかせてもらって、自分のなかで育てることも多いんです。そういう意味でも、みんなで違和感を投げ合うことがすごく大事ではないかと思っています。

僕は恒例の池上さんの選挙特番を、これはなかなかできないことだな、と思いながら毎回拝見しています。当選した人や党の代表と中継でやりとりする時、ほとんどの番組はしゃべりたいことをしゃべらせて終わっているのに、池上さんは絶対に相手が聞かれたくないであろうこと、知られたくないであろうことを投げかけている。それを観て、僕は胸がすくんですね。そこからまた多くの人が何かの気づきをもらって、次の投票行動に反映されるいい循環ができるのではないかと思っています。こうしたことをやるのは、よっぽどの覚悟をお持ちなのだろうと見ているんですが。

池上 そりゃあ、若干の覚悟はありますけれど（笑）。政治の専門家や評論家が政治家に話を聞くとなると、もともと知り合いだったり、裏の話を知っていたりするものだから、今後の付き合いを考えて矛先が鈍ることがあります。私はNHK時代、ずっと社会部で常に在野の立場からいろんなものを見てきましたし、別に政治家たちと今後長く付き合いたいと思っていないので、そこが大きいですね（笑）。

松尾 今、記者会見を見ていると、権力者がしゃべりたいように、嫌じゃないように、都合がいいように、質問も2回しちゃダメよとか、いろんなことを気遣いながらやっていますよね。何のためにこの過保護な状態を作ってあげているのか、この状況が僕はすごく気持ち悪いんです。総理の会見も、特定の記者に対して、仕切る人があからさまに「もうそれ以上聞くな」と圧力をかける感じです。NHKではあまりその辺りは放送されず、女性の解説者が一所懸命に「総理はですね～」って言ってらっしゃいますけど（笑）。もっと真剣勝負があってほしいと思います。

池上 私が出演しているテレビ東京の選挙特番も、回数を重ねるうちに皆さん逃げるようになってきました。ですが、総理大臣と各党の党首・幹事長は各社平等に取材を受けなければいけない決まりがあるので、拒否できないんですよ。以前、別のある局の番組で安倍(晋三)総理に出演を依頼したら、忙しくて時間がとれないという理由で断られたことがありました。ところが、その後『笑っていいとも!』に出ていたんです。こちらは忙しくて無理だけど、そちらに出る時間はあったんだ、と(笑)。

松尾 普段、権力者たちが嫌なことを聞かない司会者の番組にだけ選んで出ているっていうことを、他の番組の人はもっと声高に叫べばいいのに、と思います(笑)。

政治家に必要な庶民感覚と共感力

池上 世界のリーダーの記者会見は真剣勝負ですよね。日本の場合、事前に質問項目を提出していますから。要するに、安倍総理はあらかじめ用意されている回答を探して読んでいるんですね。

松尾 指名した途端に紙を探していますもんね。

池上 最近は、江川(紹子)さんが「まだ質問があります」と手を挙げ続けたのに会見を打ち切ったことで随分叩かれたものですから、予定にない質問も受けるようになりましたが、最初の二つくらいはもう儀式ですよね。

松尾 マクロンさん(フランス大統領)も、トルドーさん(カナダ首相)も、アーダーンさん(ニュージーランド首相)も、メルケルさん(ドイツ首相)も、本当に丁丁発止のやりとりをしているので、ドキュメンタリーとしても伝わってくるものがある。日本の記者会見はほとんどそれがなくて、「その指摘はあたりません」で終わってしまいますよね。

池上 少し前に、トルドー首相が記者からトランプ大統領のデモへの対応について聞かれて、しばらく沈黙していた映像が流れましたね。あの姿から、批判したい、だけど隣の国なのであまりあからさまにやってもいけない……、そんな心の動きがわかりました。

松尾　アメリカの人種差別問題をカナダ国内の話として語って、聞き手に気づかせるような、説得力のある回答でしたね。僕は、どれだけの情報をどう伝えるかは効率や正確さの問題なので「文明」の話だと思うのですが、政治家の人たちには一見非効率に見えても想像力を発揮する「文化」も育っていてほしいなと思うんです。この国はそこが乏しいような気がして仕方がないんです。

池上　とりわけリーダーは生活感があるかどうかが大切だと思います。新型コロナウイルスでドイツが外出制限をしていた時、メルケル首相が演説で「普段あまり感謝されることのない人たちにお礼を言わせてください」と、スーパーマーケットのレジにいる人、棚に商品を補充している人たちに感謝を伝えましたよね。それができたのは、彼女が普段からスーパーマーケットに買い物に行っているからです。買い物カゴを持ってレジに並んでいるところを、たまたま居合わせた人が写真に撮ってネットにあげたことでそれがわかりました。普段からスーパーマーケットへ行っているからこそ、生活感に溢れた感謝の気持ちを口にすることができる。それが国民に共感されたんですね。

松尾　ただうらやんでいてもしょうがないけれど、そういうことをする日本の偉い人ってあまりいないですよね。

池上　その直後に、西村（康稔）経済再生担当大臣がイオンに〝視察〟に行きましたね。視察ですから、当然スーパーマーケットの偉

い人が対応しますし、SPと秘書が一緒に来るわけです。で、スーパーマーケットの中が密になっちゃったという（笑）。

松尾　視察に来るとなったら、何か言われないようにしつらえますもんね。

池上　普段着で家の近くのスーパーへ行けばいいじゃないって思いますよね。やっぱり生活感がないなと思いました。日本の政治は男社会ですし、大臣はスーパーマーケットへ買い物に行かない。……私は行きますけどね（笑）。

松尾　視察という形でしか現場を知る方法がないというのは残念ですね。以前、予算委員会でカップラーメンの値段を聞かれて、400いくらとか言った総理大臣もいました。全く庶民感覚がないですよね。年間の飲み代が2019万円なんていう話もありましたけど。

池上　ありましたね（笑）。

松尾　前著の（立川）志の輔さんとの対談で「違和感は共感だよ」という話がありましたが、もっと共感力を育てるべきじゃないかと思いますね。女性同士は、ものすごく共感が上手なんですって。女性同士は、共感力があるから思いやりも出て、平和にしていこうという気持ちも強くなる、と聞いたことがあります。個別に見たら好戦的な女性もいるでしょうし、習慣や訓練の問題もあると思いますけど。女性が〝女性活躍〟という名目じゃなく、もっと普通に前面に出てもらうような社会ができるといいなと思います。

池上　男社会でなぜ共感力がなくなるかというと、組織にヒエラルキーがあるからでしょうね。偉くなって下に命令する立場になると——もちろん指示をする相手に対する共感力があることは大事ですが——どうもそれが薄れてきてしまう。女性にも、だんだん偉くなって、明らかに共感力を失っていく人たちはいます。政治家でもね。

松尾　あぁ、何人か思い浮かびます（笑）。男性も女性も変わらないのでしょうけど、権力を持つと、どんどん共感力が落ちていくというか、質が落ちていくようなところがあるのでしょうか。

池上　だと思いますね。だから政治家は視察じゃなくて、普段着でスーパーマーケットに行けばいいんです。今なら、マスクをして行けば気づかれません。自分でレジに並べば、ちゃんとソーシャルディスタンスをとっているのか、レジの人がどんな対応しているのかわかりますから。

松尾　20年以上前ですか、当時米大統領だったクリントンさんが来日して、ホテルからこっそりいなくなって焼き鳥屋で見つかっちゃった、なんてことがありましたよね。そのこと自体がいいとは言わないけども、ああいう感覚は持っておいてほしい気がします。

池上　今、どこのお店も距離をとるためにレジ前に線をひいたり、丸をつけたりしているでしょう？　先日、行きつけの本屋さんのレジに並んでいたら、ご高齢の方がその丸の意味がわからず前の方に行ってしまって、並んでいる人から「後ろ後ろ！」と追いやられてオロオロしていたんです。私が声をかけて、「この床の丸いところに立つんですよ」って教えてあげたら、私が立っている丸の中に入ってきちゃったんですよ（笑）。「違うんですよ。後ろに並ぶんですよ」と説明をしながら、ご高齢の方にはなかなか難しいことがわかりましたね。

「カタカナ語」の違和感

松尾　僕は、偉い人たちがカタカナ語ばかり使うことに違和感があります。アラートじゃなくて警報でいいじゃないですか。

池上　パンデミック、ロックダウン、クラスターも。

松尾　集団感染でいいですよね。「アメリカの一つの州」という意味では、英語を使っていてもいいんだけど（笑）。

池上　日本は51番目の州だという（笑）。

松尾　ただ、僕はそこにも「文明」と「文化」の問題があると思うんですよ。英語が使えるようになるっていうのは「文明」だと思うんですが、そこに「文化」の発想がない。日本語で言える言葉をあえて英語で言うことで、自分に箔をつけようとしているとしか思えないんです。とても格好悪いし、文化的ではないですよね。仲間内同士、業界の人同士で、ニュアンスが伝わるように業界用語として外来語を使う分にはいいと思いますが、記者会見でことさらカタカナ語を並べることには好感が持てないですね。

池上　専門家同士では専門用語を使いますから、つい横文字を使いがちになるけれど、政治家はそれではいけないわけです。一番いけないのは、政治家や専門家が言ったことをそのままカタカナで伝えている報道機関です。報道機関は翻訳者ですから、カタカナ言葉を読者にわかるように翻訳をして書かなければいけない。〝和文和訳〟が本来の仕事なのに、安易にそのままの言葉を使ってしまっています。

松尾　田原総一朗さんは討論で若い評論家がカタカナ語を使うと「僕、頭悪いからよくわからない。それ何？　わかるように言って」とおっしゃっていましたよね。もちろん、本当はご存知でしょうけど。そうしてツッコミを入れることは、職人芸としても必要だと思います。

池上　本来は記者もそれをやらなければいけないんです。だけど、みんな自尊心があるものだから「クラスターが発生しました」と言われれば、「はい、クラスターですね」とわかったふりをする。本来はクラスターと謳《うた》った途端に「それはどういう意味ですか？」って聞かなきゃいけないですよね。

記者たちが政治家に〝とりこまれる〟理由

池上　私は新聞を読んでいて〝これは読者にわからないんじゃないかな〟という点を見つけるのが楽しみなんです（笑）。そこである種の違和感を見つけると、解説するポイントに気づくことができます。だから新聞を読んでいて、わからないところがあると〝飯の種ができた〃と。そういう意味では、新聞がわかりにくい記事を書いてくれるお陰で、私の仕事が成り立っているとも言えます(笑)。

松尾 テレビのニュースでも、わからない時ってありますよね。

池上 NHKのニュースを見ていてわからないところがあった時も、〝しめた!〃と思います(笑)。

松尾 それは良い違和感ですよね。役に立つ違和感とも言える。

池上 ただ、私もあまり偉そうなことは言えないんですよ。現場の記者だった時代、視聴者にわかりやすい記事を書こうなんて思っていませんでしたから。基本的に記者が考えているのは、競争相手を抜いて特ダネを書くこと。もう一つは取材相手に褒めてもらえるような記事を書くことです。例えば、経済担当だったら日銀の担当者に「金融緩和についてよく書いてくれたね」と言われたい。日銀の人たちに評価される記事を書こうとすると、自然と専門用語がちりばめられる。ということは、読者にとってはわかりづらいんですね。

松尾 なるほど。ほとんどの記者の方が新聞社やテレビ局に就職する時は、役に立つ情報を伝えるという使命感や理想に燃えていたんだと思うんです。それがだんだん現実を見て、葛藤の末、長いものに巻かれる人、独立して独自の道を歩む人、といろいろなんでしょうけど。池上さんは後者みたいなエネルギーをずっとお持ちなのだと思いますが、組織に所属していた時はいかがでしたか?

池上 別に出世したいと思わなかったので、勝手なことをやっていましたね。松尾さんが

おっしゃったように、最初はとにかくいい仕事がしたいと思いますよね。それが、だんだんと出世のラインに乗って、部長になり、局次長になり、局長になり……みたいな線が見えてくると、ついついそちらを優先してしまう人もいます。一方で、出世とは関係なく、ずっと現場にいて仕事をしたいという人もいるわけです。先ほど「長いものに巻かれる」とおっしゃいましたけど、現場の政治部の記者は、必ずしもそうじゃないんですよ。

松尾　というと?

池上　記者は当然、政治家に会って取材をするでしょう。彼らは何万人もの人に自分の名前を書いてもらって当選した人たちですから、やっぱり人間的な魅力があるんです。付き合っていくうちに、人柄に惹かれて「この人がこれをやりたいのなら応援しよう」と、結果的にとりこまれていくんです。

松尾　会えば良い人、というのは多いらしいですね。ですが、良い人と良いことをしてくれるかどうかはまた別問題だと思いますが。

池上　その通りです。もちろん中には、とんでもない、絶対に仲良くなりたくないなと思う人もいますけど（笑）。

松尾　生前、仲良くしていたコラムニストのナンシー関《せき》が、鋭く有名人を批評するものだから「僕のことは書かないでね」って言ったことがあります。そうしたら、「親しい松尾さんのことは書かないですよ。だから、芸能人と会わないようにしてるんです」と。

池上　わかります。やはり、親しくしちゃうと書けないですもんね。

松尾　健全だなと思いました。芸能が好きで好きで仕方がないから、芸能の批評を書いているのに、芸能人には近寄らないようにしているというのは、相当ストイックですよね。偉い記者の方々にはこの何分の一かの気持ちでもいいから、持っていてもらいたいなと思うんです。各社、必ず仲良しの方がいらっしゃるじゃないですか。

池上　それで言うと、少し前の新聞社・テレビ局と総理との会食に、毎日新聞だけは行かなかったんですよ。さすがだと思いました。〝桜を見る会の疑惑がまだ片付いてない中で参加することはできない〟と、政治部長と担当記者が断ったとか。

松尾　そうでしたか。

池上　その後、編集委員が参加して、批判を受けてしまったんですが（笑）。

松尾　その乱降下は、民主党政権に似ているかもしれない（笑）。でも同じ会社とはいえ、いろんな人がいますもんね。TBSにも、田《た》﨑《ざき》（史郎《しろう》）さんを好んで使いたがる人もいれば、そうじゃない人もいますし。

池上　あれはアリバイ証明だと思いますよ。
松尾　アリバイですか（笑）。
池上　ＴＢＳは反安倍政権と見られがちなので、アリバイ証明的に「いやいや、田﨑さんも使ってますから」と言うために、お昼に出演してもらっているのだと思います。話を戻しますと、毎日新聞って本当にいろんな人がいるんです。読売新聞のようなトップダウンの一枚岩じゃありませんから。そこが毎日の魅力でもありますが、だから経営的にダメになるとも言われているんですね（苦笑）。

メディアの「好循環」が世の中を動かす

松尾　僕が新聞連載を始めたのは２０１２年、今の政権が復活した頃合いなんですが、書き始めた時は、〝テレビのこの言い回しってておかしくない？〟とか、〝なんでこんなところをボカすの？〟とか、そんなことにツッコんでいたんです。
池上　そうでしたね。
松尾　なのに、最近はだいぶ偏ってしまって、権力者の揚げ足を取るようなことばかりになってしまいました。それは単に腹が立ってて仕方がない状態になってしまったからというだけで、本当はもっと健全にいろんなものに違和感を持ちたいんです。この状況を改善するためには、もう少しまともな人が権力者になってほしいと常に思うんですが、そのためには選挙の投票率が低すぎますよね。これってどうしたらいいんでしょう？
池上　私は新しい動きが起きてきていると思いますよ。先日、〝＃検察庁法改正案に抗議します〟というツイートが広がり、ＳＮＳの力で世の中が動いたと言われましたよね。あのきっかけを荻上《おぎうえ》チキさんから聞いたら、面白いことがわかったんです。最初にあのハッシュタグをつけてツイートした女性は、あるユーチューブの投稿を見て検察庁法の問題について知ったそうです。それを投稿した人はチキさんのTBSラジオ『荻上チキSession-22』の解説を聴いて問題を知った。チキさんは、毎日新聞を含むいろんな新聞を読んで検察庁法改正案の問題点を知ってラジオでしゃべりました。結果的にぐるりと回っているんです。要するに、新聞社がこの問題を書いたのが発端になっているんですね。

松尾　新聞→ラジオ→ユーチューブ→ツイッターと……。

池上　そしてまた新聞ですね。ツイッターでの盛り上がりが新聞に載り、さらに声が大きくなっていきました。

松尾　好循環ですね。

池上　そうです。つまり、ツイッターで動かしたという部分だけを見ると、新聞などの既存のメディアの人たちは無力感に襲われてしまうけど、そうじゃないんです。

松尾　こうして情報が奇麗に流れる道筋が習慣化していくと、小さなところからも大きなうねりができるのかなっていう期待はできますね。

池上　だからまずは新聞がちゃんと書く、あるいは新聞のコラムを持っている人も違和感をちゃんと書く（笑）。すると、それを見た人がツイートしたりユーチューブで発信したりという形で回っていって、世の中を動かすことができる。そういう時代になったんだと思いますよ。

「違和感」を持ち続けるには

松尾　僕たちが子供の時、『なぜだろうなぜかしら』という理科の本がありましたよね。

池上　私も愛読していました。

松尾　子供は能率や効率優先で生きてないし、はみ出したり遠回りするのが楽しかったじゃないですか。そこと「なぜだろう、なぜかしら」という感覚ってすごく合っていると思うんです。それが大人に近づくにつれて、能率・効率優先、生産性云々ってなってくると、自分で何かを考えるよりも答えを見つけて覚えた方が早いですもんね。違和感を自分の中で芽生えさせたり、共感し合ったりっていうプロセスがだんだんおっくうになるのか、考えるクセがなくなってきてしまうような気がするんです。

池上　私の場合は、11年間『週刊こどもニュース』で世の中の出来事を小学生、中学生にわかりやすく説明をしてきたという経験がすごく大きかったと思います。あの番組は生放送でしたから、どんな質問をされても答えられるように、事前にあらゆることをシミュレーションするんですね。森（喜朗）内閣の頃、〝内閣改造とは何か〟というテーマを取り上げた時に「内閣改造とは大臣を入れ替えることです」と言ったら、中学生の女の子から「そんなに大臣を次々に入れ替えて、仕事できるの？」と聞かれたんです。

松尾　鋭いところを（笑）。

池上　想定外の質問に絶句しました。「森さんとしては、できると思ったからやったんだろうね」と答えましたが、〝王様は裸〟だと言える子供の率直な意見ですよね。それ以来、自分の中に〝小学生の池上くん〟を養うようにしました。「それっておかしいんじゃないの？」と思う気持ちを常に持つ。河合（克行・案里）夫妻が選挙の際に金をバラまいたことも、大人になると「そんなもんだよな。そりゃ金もいるだろうし」ってどこかで思ってしまうところもあるでしょう。ですが、子供からすると「ええ！　お金配っちゃいけないでしょ！」と。そういう気持ちを持たなければならないですよね。

松尾　責任ある立場の人が常習的に賭け麻雀をやっていたのに、ほとんどおとがめがない、という出来事と、北海道で賭け麻雀をして何人か逮捕された、という出来事が近い時期にありましたが、両方のニュースに触れた時に、子供たちはどう感じるのかな？　と思います。〝偉い人は悪いことしても大丈夫なんだ〟と考えるようになってしまったら困ったものですよね。

池上　やっぱり「なぜだろう？」「おかしいんじゃないの？」と思った気持ちを摩滅させずに、どう守っていくか、ということですよね。ニュースを見ていると次々と不正や矛盾がでてきます。それに慣れてしまうと、怒る気力もなくなってきますが、きちんと〝けしからん〟〝許せん〟と怒ること、そして怒りを持続することが大切だと思うんです。そういう時に「ちょっと違和感」という形で書いてくれる人がいると「そうそう！　そうだよね。自分だけじゃなかったんだ」と思える。松尾さんは、そうした怒りや違和感を整理してくださっているんだと思います。違和感は、言語化しづらいですよね。だからこそ、違和〝感〟なので。それを松尾さんが言語化してくれるから気づくことができる。

松尾　一日一善のように〝一日一違和感〟とか〝今日の違和感〟みたいなかたちで流行《はや》らせられないかなって思います（笑）。みんなでそれを見て、考えることで、何かを見逃さないとか、ある種のファクトチェックみたいなものに繋がる気がするんです。

〝健全な懐疑心〟を持つ

松尾　「なぜだろう、なぜかしら」って、懐疑の種だと思うんです。懐疑の〝疑〟という漢字は、見た感じからちょっと汚いじゃないですか。一方の〝信じる〟の〝信〟はスッキリしている。信じる方が格好良くて、潔くて、純粋な感じがする。疑う方は、汚れている、卑しい感情と行動というふうに捉えられがちです。〝信じる〟と〝疑う〟って反対語のように語られていますが、それは違います。〝信じる〟の反対は〝信じない〟ですから。信じるというのは結論で、疑うというのはプロセスなんです。「死ぬためには生きる」と一緒で、「信じるためには疑う」ことが必要なんじゃないかと思います。ただ、「疑う」のは面倒くさい作業です。できるだけ簡単に済ませたいから、宗教が流行るのかな……とか、そんなことを常々思っていますね。

池上　私はよく「健全な懐疑心を持て」と言っています。本当は全てを疑ってほしいんです。例えば政治家、あるいは大学の先生が言っていることは、みんな疑ってかかれ、と。だけど友人や周りの人を疑ってはいけない。全てを疑うと友人や恋人を失ってしまいますから。

松尾　猜疑心になっちゃう。

池上　そう、懐疑でなくて猜疑になってしまいます。いい言葉ですね。猜疑心じゃない、〝健全な懐疑心〟を持つことが大切です、大学生にもよく言うんですよ。学問の世界でも全てを疑え、と。権力や社会的な地位を持つ人の発言は疑ってかかった方がいいんです。

松尾　みんなそれを前提にいるから、偉い人は〝李下に冠を正さず〟でいてくださいねっていうことですよね。

池上　報道機関に対しても同じです。キャスターはこう言っているけれど、本当にそうか、そこまで言い切れるのか、と疑う。

松尾　ベテランのキャスターでも大新聞でも、本当かなって思うことって絶対にありますからね。

池上　作っているのは人間ですから、間違えることもありますし、自然と偏りがかかります。みなさん、大切な人のことは信じましょう。信じて裏切られるというのもまた人生経験ですから。だけど、権威のある人についてはみんな疑ってかかる、健全な懐疑心を持ちましょう、ということですね。

2020年6月末、東京都千代田区にて

池上彰（いけがみあきら）
1950年、長野県生まれ。ジャーナリスト。名城大学教授、東京工業大学特命教授。慶應義塾大学卒業後、1973年にNHK入局。1994年から11年にわたり『週刊こどもニュース』のお父さん役をつとめ、わかりやすい解説が話題になる。2005年よりフリーのジャーナリストとして、テレビ、新聞、雑誌等で幅広く活躍している。

撮影　髙橋勝視

本書は、毎日新聞「日曜くらぶ」連載の「松尾貴史のちょっと違和感」に加筆修正を加え、単行本化したものです。文中の肩書き等はとくに断り書きがない場合は連載当時のものをそのまま使用しています。

松尾貴史（まつおたかし）

1960年、兵庫県生まれ。大阪芸術大学芸術学部デザイン学科卒業。俳優、タレント、ナレーター、コラムニスト、「折り顔」作家など、幅広い分野で活躍。東京・下北沢にあるカレー店「般°若（パンニャ）」店主。『季刊25時』編集委員。著書に、『作品集「折り顔」』（古舘プロジェクト）、『違和感のススメ』（毎日新聞出版）、『東京くねくね』（東京新聞出版局）ほか。

ニッポンの違和感《いわかん》

印刷　2020年8月20日
発行　2020年8月30日

著者　松尾貴史《まつおたかし》

発行人　小島 明日奈
発行所　毎日新聞出版
〒102-0074
東京都千代田区九段南1-6-17　千代田会館5階
営業本部　03（6265）6941
図書第一編集部　03（6265）6745

印刷・製本　光邦

ISBN978-4-620-32645-0